LEARN SPANISH WITH STORIES:

UNA CHICA TRISTE

By Juan Fernández

ISBN: 9781520872698

CONTENT WARNING

This book is not suitable for children

Sex references, violence, smoking, heavy drinking, strong language and weird sense of humour used in this book is UNSUITABLE for children.

Introduction

About the book

This book is a Spanish Easy Reader for adult learners with an intermediate or upper-intermediate level of Spanish. It will help you learn, revise and consolidate the vocabulary and grammar of the **level B2** on the **Common European Framework of Reference.**

There are different methods or techniques to learn the grammar and vocabulary of a Foreign Language, but reading is one of the most effective and pleasant ways to do it. By reading, you will learn or consolidate the vocabulary, expressions, verb tenses and grammar structures as part of a story, in context, without memorizing lists of isolated words or studying endless grammar rules.

However, it is not always easy to create a good story with the limited vocabulary and not-too-complex grammar learners of a Foreign Language require. That is the main reason Easy Reader books are sometimes disappointing. The stories told are just too bland, fail to capture the attention of the learners, and do not keep their motivation until the end of the book because authors are constricted to using quite a narrow range of grammar points and vocabulary topics.

I hope UNA CHICA TRISTE does not disappoint you. I have tried to create an interesting story that you will actually want to read. A story, which, I hope, will catch your attention from the beginning and will keep you motivated till the end. A story you won´t put down easily. A story that may keep you so intrigued you may forget the main purpose you started reading it was to learn Spanish!

The events and the characters I describe here are only the result of my imagination. However, their fears, sadness, anger, frustrations, hopes, joys, and dreams are real and reflect people and situations I have encountered during my teaching career.

About the author

Juan Fernández teaches Spanish at University College London and is also the creator of **1001 Reasons To Learn Spanish**, a website with videos, podcasts, games and other materials to make Spanish learning interesting and enjoyable.

www.1001reasonstolearnspanish.com

CONTENTS

ACKNOWLEDGMENTS

I would like to express my gratitude to all the people who have supported my work on **1001 Reasons To Learn Spanish** over the last few years. This book would not have been possible without their feedback, comments and encouragement.

¡Muchas gracias a todos!

How to read this book

This is a story, not a textbook. Do not approach this book as you would a normal textbook of the kind used in language classes or for self–learning.

The point of reading Easy Reader stories in Spanish is to be exposed as much as possible to the flow of the language and how it works, in a more natural way than the highly–structured and artificial dialogues usually found in textbooks and grammar–vocabulary exercises.

Do not try to figure out what every single word means; do not stop to look up in the dictionary all the words or expressions you do not understand.

Try instead to deduce or infer their meaning in the context of the story.

Learning to guess what one word or one expression means in context, without looking it up in the dictionary, is a very important skill when reading in a Foreign Language; a skill you should develop little by little by doing lots of reading practice without external help.

If you spend too much time searching for the meaning of words you do not know, reading the story may become very boring for you and finishing the book may seem like a heavy burden.

The main point of reading this book is not to analyse the grammar and the vocabulary too much, but to enjoy the story.

I hope you do!

Personajes

En esta historia vas a encontrar los siguientes personajes:

Loli: es la protagonista de la historia. Es una chica joven, de 19 años, que vive con sus padres en Londres. Ella es inglesa, pero sus padres son españoles. Ni estudia ni trabaja. Está bastante gorda y no sonríe muy a menudo. Le encanta comer patatas fritas.

Pepa: es la madre de Loli y la mujer de Paco. Es española. En Londres trabaja en un hotel. Pepa está muy delgada y le preocupa mucho su hija, Loli, que está muy gorda. Según ella, el secreto de la felicidad de una mujer es estar delgada y casarse con un hombre alto.

Paco: es el padre de Loli y el marido de Pepa. Es español. En Londres trabaja de taxista. Le gusta mucho ganar dinero. Es un hombre un poco tradicional. Piensa que su hija mayor, Loli, no es muy inteligente.

Roberto: es el hermano menor de Loli. Tiene 17 años. No estudia ni trabaja. Se pasa los días jugando con su móvil. Es un poco maleducado.

Torcuato: es el padre de Pepa y el abuelo de Loli. Vive en Inglaterra con el resto de la familia, pero nunca aprendió a hablar inglés. Vive solo en su habitación, con sus recuerdos. Está muy triste.

La Señorita Martina: era la antigua profesora de español de Loli. Según la Señorita Martina, Loli no servía para estudiar idiomas.

Carmen: es una chica española joven que trabaja en una librería de Londres, en la sección de idiomas. Ella y Loli se hacen amigas.

Juan Fernández: es profesor de español. Es de Granada, pero vive en Londres desde hace muchos años. Como la mayoría de los profesores, es un poco aburrido.

Cecilio: es el chico de Loli.

Penélope: es una mujer que… Perdona, pero tienes que leer el libro para saber quién es esta mujer. ☺

1. Dejó de sonreír y nadie sabe por qué

De pequeña, Loli era una niña alegre. Lo sabe porque se ha visto en las fotografías que su abuelo guarda en **un cajón** de su armario, en el dormitorio. Es **un álbum de fotografías** viejas, muchas en blanco y negro.

Loli las conoce casi de memoria. Las ha visto muchas veces: su madre de joven, paseando por **las ramblas de Barcelona**; su abuelo, vestido de soldado cuando hacía **el Servicio Militar** en Granada; sus padres, saliendo de la iglesia **donde acababan de casarse** y luego algunas pocas fotos, ya en color, de una niña sonriente que miraba a la cámara con ojos alegres: Dolores o Loli, como la llamaban todos.

De niña, Loli era alegre.

Luego, un día, **dejó de** sonreír. Nadie recuerda cuándo. Nadie sabe por qué.

La niña que solía estar contenta se volvió una adolescente triste, introvertida, **taciturna**, seria y silenciosa, que no hablaba con nadie y le gustaba estar sola.

En el álbum de fotos viejas solo hay una fotografía suya de adolescente. Tiene unos 13 o 14 años. Es una fotografía de la escuela, una de esas fotografías de grupo con los compañeros de clase y con una de las profesoras de aquel año, la Señorita Martina. **La Señorita Martina daba clase de español.**

Ella, Loli, está en **la última fila**. Como era una de las chicas más altas de la clase, en las fotografías de grupo **solían ponerla detrás de todos**: "Loli, tú que eres la más alta, ponte la última, detrás de todos", **le solían decir.**

Y Loli, **sin rechistar**, se ponía detrás de todos. No solo era la más alta de la clase, también era la más grande y la más gorda. Por eso la llamaban **Elefantona**. Era normal. Tan alta y tan gorda, parecía un elefante o, mejor dicho, una elefanta. Una elefanta enorme: *una elefantona*.

En aquella fotografía en clase de la Señorita Martina, **Loli ya no sonríe**, ya no mira a la cámara con ojos alegres.

De niña, Loli era alegre. Ya no.

Un día dejó de sonreír. Nadie recuerda cuándo. Nadie sabe por qué.

La niña que solía estar contenta se volvió una adolescente triste, introvertida, taciturna, seria y silenciosa, que no hablaba con nadie y le gustaba estar sola.

Vocabulario 1

un cajón: a drawer
un álbum de fotografías: photo album
las ramblas de Barcelona: famous street in Barcelona
el Servicio Militar: compulsory military service
donde acababan de casarse: where they had just got married
De niña: as a little girl
dejó de: (She) stopped or gave up doing something
taciturna: taciturn, reseved, silent
La Señorita Martina daba clase de español: Miss Martina used to teach Spanish
la última fila: the last row
solían ponerla detrás de todos: (They) used to place her behind everybody
le solían decir: (They) used to say to her
sin rechistar: without complaint
Elefantona: pun using the word "elefante" + augmentative suffix "–ona" (elefante + -ona = elefantona = very big elephant).
Loli ya no sonríe: Loli doesn´t smile any more.

2. ¡Hecho, hecho, hecho!

Aquella fotografía suya de adolescente le trajo algunos recuerdos de cuando todavía iba a la escuela. Recordó que no le gustaba ir a clase y que la **asignatura** que menos le gustaba era el español.

En realidad, ella no quería aprender ningún idioma, pero en aquella época, en Inglaterra, era obligatorio estudiar **al menos** una lengua extranjera. En su colegio había tres opciones: alemán, francés o español. Ella eligió español porque sus padres eran de España, de Barcelona, y pensó que quizás para ella sería más fácil **aprobar**.

Se equivocó.

Le aburrían las clases de español y **siempre sacaba malas notas**.

Era normal. Ella nunca fue una niña muy inteligente y **los idiomas no se le daban bien**. *terible*

Mirando la fotografía, Loli recordó que lo solía pasar fatal en clase de español.

…

"¡Loli, Participio Pasado del verbo hacer!", le dijo la profesora un día, la Señorita Martina.

Loli no sabía qué quería decir, no la entendía. Era normal. Ella nunca entendía a la profesora de español.

"¿Cuál es el Participio Pasado del verbo hacer, Loli?", **le volvió a preguntar la profe**.

Parecía enfadada. Era normal. Los profesores **solían cabrearse a menudo con ella**.

"¿El examen es la próxima semana y tú todavía no sabes cuál es el Participio Pasado del verbo hacer?"

No sabía qué decir. Tenía la cabeza baja y miraba su libro.

"Loli, te estoy hablando a ti. ¡**Por favor, mírame cuando te hablo!**", dijo la profesora **alzando la voz.**

Sintió la mirada de los otros chicos de la clase. La observaban divertidos.

Loli se puso muy roja.

-¡Yo lo sé, señorita! -dijo Pete, **alzando la mano**. Pete era uno de los mejores estudiantes de la clase de español.

- ¡Yo también, señorita! –dijo Rose, la chica **sabelotodo** de la clase. Rose siempre sabía cuál era la respuesta correcta a todas las preguntas de todos los profesores.

Otros chicos alzaron también la mano. Casi toda la clase parecía conocer la respuesta. **Seguramente** era una pregunta muy fácil, pero ella no sabía qué decir. Era normal. Ella nunca sabía la respuesta a las preguntas de los profesores.

Vicky, la chica sentada a su lado, **le dio un golpe con el codo** y escribió una palabra con lápiz en su cuaderno: *HACIDO*. Luego **cogió una goma de borrar y la borró rápidamente**.

Loli alzó la vista y, mirando a la profesora, dijo con voz temblorosa, casi inaudible: ¡*hacido*!

Los chicos de la clase se echaron a reír y **ella se puso aún más roja.**

-¿Cómo? ¿Qué has dicho? –le preguntó la profe, con los ojos muy abiertos.

-¡¡*Hacido!!* –volvió a decir Loli, ahora un poco más alto, casi gritando.

Los chicos de la clase continuaron riéndose.

La profesora la miraba sin decir nada.

Loli se dio cuenta de que aquella respuesta era la respuesta más estúpida que se le podía ocurrir a alguien. Una respuesta estúpida, típica de una niña estúpida como ella. Y **aún más estúpida** si se piensa que sus padres eran españoles.

-¿Cómo es posible que todavía no sepas los participios irregulares? **¿Llevas dos años estudiando español** y todavía no sabes cuál es el Participio Pasado del verbo hacer? Luego dio media vuelta, fue hacia la pizarra y escribió en letras muy grandes:

HECHO

Vicky le guiñó un ojo a alguien.
Los chicos de la clase **se echaron a reír otra vez.**
Era normal. Ella nunca fue una niña muy inteligente y los idiomas no se le daban bien.
Lo solía pasar fatal en clase de español.
…

Vocabulario 2

la **asignatura:** subject in school

al menos: at least

aprobar: to pass an exam or a school subject

Se equivocó: (She) was wrong

siempre sacaba malas notas: (She) always got bad marks

los idiomas no se le daban bien: (She) wasn't good at languages

le volvió a preguntar la profe: the teacher asked her again

solían cabrearse a menudo con ella: (They) used to get mad at her often

¡Por favor, mírame cuando te hablo!: Please, look at me when I am talking to you

alzando la voz: raising her voice

Loli se puso muy roja: Loli blushed (Loli went red)

alzando la mano: putting their hands up

sabelotodo: know-it-all

Seguramente: probably, very likely

le dio un golpe con el codo: (She) poked her with her elbow

cogió una goma de borrar y la borró rápidamente: picked up a rubber and erased it quickly

ella se puso aún más roja: (She) went even redder

Los chicos de la clase continuaron riéndose: the kids in the class carried on laughing

Loli se dio cuenta de que: Loli realized that…

aún más estúpida: even more stupid

¿Llevas dos años estudiando español?: have you been studying Spanish for two years?

Vicky le guiñó un ojo a alguien: Vicky winked at somebody

se echaron a reír otra vez: (They) started to laugh again

Lo solía pasar fatal en clase de español: (She) usually had a really hard time in the Spanish class

3. Inútil, tonta, triste

Ya habían pasado más de cinco años **desde aquel día** en clase de español. Loli tenía ahora 19 años, pero **seguía viviendo en casa de sus padres**. No tenía dinero para vivir sola.

Dejó de estudiar en cuanto cumplió los 16, pero nunca encontró trabajo. La gente suele llamar "ni-nis" a este tipo de personas: ni estudian, ni trabajan.

Bueno, en realidad Loli **tuvo dos empleos, pero no le duraron mucho tiempo**.

Poco después de dejar de estudiar, su madre le encontró un trabajo de **niñera**. Tenía que cuidar de los hijos de un **matrimonio de abogados** que no tenían tiempo para estar en casa durante el día. Parecía un trabajo fácil, pero no le duró mucho tiempo. **Los niños tenían miedo de quedarse solos con ella. Decían que Loli les daba miedo. No se le daban bien los niños.**

-**Tienes que sonreír más**. Eres demasiado seria. **Siempre pareces triste**. –le dijo su madre.

Luego **entró a trabajar de cajera en el supermercado del barrio**, pero tampoco se le daba bien. Solía estar muy seria, nunca sonreía y daba miedo a los clientes. **De hecho**, aunque había dos cajas en el supermercado, **los clientes siempre hacían fila en la caja donde ella no trabajaba**. La gente pensaba que era muy antipática. **A las dos semanas la despidieron.**

Cuando llegó a casa y le dijo a su familia que la habían despedido del supermercado, **todos se enfadaron con ella.**

-You are useless! (¡Eres una inútil!). –le dijo su padre.

-You are stupid! (¡Eres tonta!). –le dijo su hermano.

¡Eres una inútil!

¡Eres tonta!

-You have to smile more. You always look sad (Tienes que sonreír más. Siempre pareces triste). –le dijo su madre.

Y **quizás tenían razón**, pensaba ella.

No se le daba bien nada. Nunca tuvo ningún talento especial para nada. Todo le salía mal. **Ni siquiera sabía sonreír.**

-What you have to do is to get married. To find somebody who financially supports you. (Tú lo que tienes que hacer es casarte. Encontrar a alguien que te mantenga) –le dijo luego su madre, **cuando se quedaron las dos a solas.**

Ella no dijo nada. Se fue a la cama, apagó la luz y **se echó a llorar.**

Un rato después escuchó la voz de su padre en la cocina. Hablaba con su madre.

-Who is she going to marry? Who is going to love her? You will have to find her a boyfriend, otherwise she will be single all her life (¿Con quién se va a casar? ¿Quién la va a querer? Le tendrás tú que buscar un novio, si no se quedará soltera toda la vida).

Según su madre, **lo peor que le podía pasar a una mujer era quedarse soltera, que nadie la quisiera como esposa.**

Loli tardó un rato en darse cuenta de que sus padres estaban hablando de ella.

Vocabulario 3

desde aquel día: since that day

seguía viviendo en casa de sus padres: (She) was still living with her parents

Dejó de estudiar en cuanto cumplió los 16: (She) left school as soon as she was 16

tuvo dos empleos, pero no le duraron mucho tiempo: (She) had two Jobs, but they din´t last her for long

niñera: babysitter

matrimonio de abogados: a married couple (of lawyers)

Los niños tenían miedo de quedarse solos con ella: children were scared of being left alone with her

Decían que Loli les daba miedo: (They) would say she was scary

No se le daban bien los niños: (She) wasn´t good with kids

Tienes que sonreír más: You have to smile more

Siempre pareces triste: You always look sad

entró a trabajar de cajera en el supermercado del barrio: (She) went to work as a cashier in the local supermarket

De hecho: in fact

los clientes siempre hacían fila en la caja donde ella no trabajaba: Customers always queued where she was not working.

A las dos semanas la despidieron: two weeks later she was sacked

todos se enfadaron con ella: Eveybody got angry with her

quizás tenían razón: maybe they were right

No se le daba bien nada: (She) wasn´t good at anything

Ni siquiera sabía sonreír: (She) didn´t even know how to smile

cuando se quedaron las dos a solas: When they were left alone

se echó a llorar: (She) burst out crying

Un rato después: a while later

lo peor que le podía pasar a una mujer era quedarse soltera, que nadie la quisiera como esposa: The worst thing that could happen to a woman would be to remain single, for nobody to want her as a wife

Loli tardó un rato en darse cuenta de que: It took Loli a while to realize that…

tardar – to delay

4. Vivir del cuento

El padre de Loli era taxista. **Solía pasar muchas horas al volante**. Decía que cada minuto fuera del taxi era un minuto perdido porque no estaba ganando dinero.

Fuera del taxi nunca estaba tranquilo, no sabía relajarse. Nunca paraba para tomar café, nunca leía el periódico, nunca tomaba helados, **nunca se echaba la siesta** después de comer, nunca daba un paseo por el parque, nunca iba al gimnasio, nunca leía un libro, nunca veía la televisión, nunca iba al cine, nunca iba a la playa, nunca se tomaba vacaciones…

Para él, **todo lo que no fuera trabajar era una pérdida de tiempo y un despilfarro de dinero**.

Por eso se pasaba los días y las noches conduciendo su taxi por las calles de la ciudad. Decía que él era feliz así.

Mientras conducía escuchaba la radio. Le gustaba escuchar **las tertulias** y los programas donde famosos y periodistas hablaban de política o comentaban las últimas noticias. Así podía luego opinar de todo y **dar conversación** a los clientes que entraban en el taxi **con ganas de hablar**.

Su tema favorito eran los inmigrantes. Según él, había demasiados. Llegaban buscando una vida fácil; querían vivir sin trabajar y **que el gobierno les diese vivienda gratis**, asistencia médica, escuelas para sus hijos…

¿Quién pagaba todo eso? **Los currantes**, los currantes como él que tenían que pagar **impuestos** para ayudar a **sostener** a todos esos vagos que llegaban al país.

Y cada vez había más. La mayoría, además, **ni siquiera hablaban inglés**.

Y mientras tanto, él, y **tantos otros como él**, a **currar duro** todos los días para sobrevivir.

Si él fuera presidente, construiría **un muro** muy alto para que nadie de fuera entrase en "su" país. Sí señor, esa era la solución. Un muro bien alto.

A veces, algún cliente que notaba su acento extranjero, le decía:

-But you are not from here, are you? Your accent is not from here… (Pero usted no es de aquí, ¿no? Su acento no es de aquí).

Entonces él solía contestar:

- That was in the past! It was different in the past! We came here to work, to help this country. Those who arrive now are different; the only thing they want is to live by their wits.

(¡Eran otros tiempos! ¡Antes era diferente! Nosotros vinimos aquí a trabajar, a ayudar a este país. ¡Los que llegan ahora son diferentes; lo único que quieren es *vivir del cuento*!).

Vocabulario 4

Solía pasar muchas horas al volante: He used to spend many hours at the wheel

nunca se echaba la siesta: (He) never had a siesta (nap)

todo lo que no fuera trabajar era una pérdida de tiempo y un despilfarro de dinero: Anything that wasn´t work was a waste of time and money.

las tertulias: talk radio shows

dar conversación: to make conversation

con ganas de hablar: feeling like talking

que el gobierno les diese vivienda gratis: that the Government provided them with free accommodation

Los currantes: the workers

Impuestos: taxes

Sostener: support, maintain (financially)

ni siquiera hablaban inglés: (They) didn´t even speak English

tantos otros como él: many others like him

currar duro: work hard

un muro: a wall

vivir del cuento: live by your wits

5. ¡Subjuntivo, Loli, subjuntivo!

De niña, **eso es lo que a Loli le daba más vergüenza**. Sus padres eran de España, pero ella era la peor de la clase de español: **la que nunca recordaba los verbos irregulares**, la que siempre confundía ser y estar, la que no entendía la diferencia entre por y para, la que nunca usaba el subjuntivo…

…

-¡A ver, Loli, **ahora te toca a ti**! –le decía la maestra, la Señorita Martina, que acababa de escribir en la pizarra una frase en español:

Espero que...

A la Señorita Martina le gustaba escribir frases inacabadas en la pizarra y luego pedir a los estudiantes que las completasen. Decía que era un método muy bueno para aprender gramática.

El problema era que Loli no tenía mucha imaginación y **nunca se le ocurría nada interesante que decir.**

Como ella no decía nada, **poco a poco se fueron alzando las manos** de los otros chicos de la clase:

-Espero que este año <u>haga</u> buen tiempo. –dijo Pete.

-Espero que mi madre <u>venga</u>. –dijo otro niño.

-Espero que <u>vayamos</u> a la playa en verano. –dijo Rose.

-Espero que <u>tengas</u> suerte. –dijo alguien más.

as

Como de costumbre, todos en la clase de español sabían qué decir. Todos excepto ella. **Loli se estaba poniendo cada vez más nerviosa**. Tenía que decir algo, pero no se le ocurría nada interesante.

Finalmente, cerró los ojos, abrió la boca y dijo, **en voz muy baja**:

-¡Espero que él *vuelve*!

Todos los chicos de la clase **se echaron a reír**.

La Señorita Martina pensó "**es un caso perdido**. No hay nada que hacer. Esta niña es tonta", pero no dijo nada; simplemente **se dio media vuelta**, fue hacia **la pizarra** y escribió en letras muy grandes:

Vuelva

Luego, mirando hacia Loli, añadió en voz baja:

- Subjuntivo, Loli, subjuntivo…

La profe se había puesto triste. **Parecía resignada**. No dijo nada, pero todos en la clase **se habían dado cuenta de** lo que la Señorita Martina estaba pensando en aquel momento: que Loli era la niña más tonta de la clase, probablemente la niña más tonta que jamás hubiera existido.

Vocabulario 5

eso es lo que a Loli le daba más vergüenza: that´s what Loli was most embarrassed about

la que nunca recordaba los verbos irregulares: the one who never remembered the irregular verbs

ahora te toca a ti: now it´s your turn

nunca se le ocurría nada interesante que decir: it never occurred to her anything interesting to say

poco a poco se fueron alzando las manos: little by little hands were being raised (put up)

Loli se estaba poniendo cada vez más nerviosa: Loli was getting more and more nervous

en voz muy baja: with a very low voice

se echaron a reír: (they) burst out laughing

es un caso perdido: (She) is a hopeless case

se dio media vuelta: (She) turned

la pizarra: the whiteboard

Parecía resignada: (She) looked resigned

se habían dado cuenta de: (They) had realized that

6. Un pueblo español

Loli no salía mucho.

Durante la semana ayudaba a su madre en las tareas de la casa. **Planchaba** la ropa de su padre y de su hermano, lavaba los platos después de comer, iba a hacer la compra todos los días, **fregaba el suelo**, **limpiaba el polvo**…

Como no tenía amigos, el fin de semana **se quedaba en casa.**

Y en casa Loli se aburría. No había mucho que hacer.

En su casa solo había tres libros. Tres libros que ya se conocía casi de memoria. Eran unos cuentos infantiles que su abuelo le había regalado cuando ella era todavía una niña. Estaban escritos en español y ella no entendía nada, pero le gustaba mirar las ilustraciones e imaginarse la historia mientras comía patatas fritas y bebía Coca-Cola. Le encantaba comer **patatas fritas de bolsa** y beber Coca-Cola mientras leía o mientras veía la televisión.

Cuando se aburría, veía la tele y comía patatas fritas; **cuando se aburría de ver la tele**, escuchaba música en la radio y comía patatas fritas; cuando se aburría de escuchar música **se ponía a registrar los cajones de la casa**, **en busca de cualquier objeto para entretenerse un rato.**

Fue así que un día descubrió **el álbum de fotos viejas** de su abuelo. Le gustaba mirarlas de vez en cuando y estudiar todos los detalles de cada escena: la gente que pasaba por la calle y que salía en la foto sin darse cuenta; la silla donde un viejo estaba sentado al sol; **un perro que husmeaba la pared**, las hojas de los árboles, la puerta de madera de una casa blanca con paredes de cal, unos niños sucios jugando **despreocupados** en la plaza…

Le gustaba observar los ojos de la gente, estudiar sus expresiones y preguntarse qué estarían pensando en aquel momento, qué les pasaba por la cabeza, cómo eran sus vidas. Le daba miedo pensar que muchos de ellos ya estarían muertos o serían muy viejos.

De entre todas aquellas fotos, la que más **le llamaba la atención** era una foto en blanco y negro de una vieja estación de tren.

Loli había visto esa foto muchas veces.

Parecía **el andén** de una de esas estaciones pequeñas de uno de esos pueblos olvidados de España donde nunca parecía pasar nada. Uno de esos pueblos de casas blancas, calles estrechas y empedradas, donde la gente era muy pobre y **tenía que vivir de lo poco que cultivaban en el campo.**

Loli acercó los ojos a la foto y **se puso a estudiar a la gente que había en el andén**. Había unos viejos con **bastón** sentados en un banco al sol. Probablemente iban allí todos los días a tomar el sol, ver pasar los trenes y observar con curiosidad a los viajeros que llegaban o partían.

Los niños a esa hora **seguramente** estaban en la escuela. Las mujeres en casa, preparando el almuerzo. Los hombres tal vez en el campo, trabajando, o quizás en el bar del pueblo, posiblemente el único bar del pueblo, haciendo lo que los hombres de antes solían hacer mejor: jugar a las cartas, **fumar tabaco negro**, beber vasos de **vino peleón**, hablar del tiempo y **quejarse de la última cosecha de patatas**, que fue terrible por culpa de **la sequía**.

Seguramente era un pueblo donde solo quedaban viejos y niños, pensaba Loli. La mayoría de los jóvenes se habrían ya marchado muy lejos en busca de una vida mejor. Quizás a la ciudad, o tal vez aún más lejos, al extranjero. Eran los años sesenta, los años duros de la emigración española.

Loli sabía que en esos años muchos españoles tuvieron que escapar de la miseria de España.

Vocabulario 6

Planchaba: (She) used to iron

fregaba el suelo, limpiaba el polvo: (She) used to mop the floor, wipe off dust

se quedaba en casa: (She) stayed at home

patatas fritas de bolsa: crisps

cuando se aburría de ver la tele: when she got bored of watching telly

se ponía a registrar los cajones de la casa: (She) started to rummage in the drawers of the house

en busca de cualquier objeto para entretenerse un rato: looking for any object to keep herself occupied for a while

el álbum de fotos viejas: the old-pictures album

un perro que husmeaba la pared: a dog that was sniffing at the wall

despreocupados: carefree

le llamaba la atención: (It) used to draw her attention

el andén: the platform

tenía que vivir de lo poco que cultivaban en el campo: (people) had to make a living out of what little produce they could grow in the field

se puso a estudiar a la gente que había en el andén: (She) started to watch closely the people on the platform

bastón: walking stick

seguramente: probably, likely

fumar tabaco negro: to smoke black tobacco

vino peleón: cheap wine

quejarse de la última cosecha de patatas: to complain about the last potato harvest

la sequía: the drought

7. Algo para adelgazar *(loss weight)*

La farmacia estaba **llena de gente.**

-Do you have something to lose weight? Something good to lose weight fast? (¿Tiene algo para adelgazar? Algo que sirva para perder peso rápidamente). –dijo su madre en voz alta, **nada más entrar.**

Todos los clientes de la farmacia **se giraron hacia ellas.** Primero miraron a su madre, luego a ella.

Loli se puso roja. Sacó del abrigo una bolsa de patatas fritas **con sabor a queso** y se llevó una a la boca. Le daba vergüenza cuando la gente la miraba. Y **cuando le daba vergüenza algo, se ponía a comer patatas fritas.** No lo podía evitar.

El dependiente de la farmacia no dijo nada. Miraba a aquella mujer delgadísima, casi transparente, y parecía no comprender. Parecía que pensara "¿Esta mujer quiere adelgazar aún más?"

Era un **tipo** calvo, de unos 45 años, con gafas y bigote. Loli pensó que se parecía a Groucho Marx.

-It´s not for me, it´s for my daughter. (No es para mí, es para mi hija). –**aclaró** su madre, **sonriendo coqueta,** como si hubiera leído los pensamientos del farmacéutico. Estaba claro que **a ella no le hacía falta** adelgazar.

Entonces el dependiente miró a Loli de arriba abajo, estudiándola en silencio. **Ella trató de esconder la bolsa de patatas fritas** que llevaba en la mano, pero era demasiado tarde. El tipo que se parecía a Groucho Marx ya la había visto.

Tampoco ahora dijo nada, pero parecía estar de acuerdo con su madre. Loli pensó que la miraba como si pensase: "Sí, es verdad, esta chica necesita adelgazar urgentemente."

Loli se puso aún más roja.

-Sorry, but I was here before! (¡Perdone, pero yo estaba antes!) –dijo en voz alta una de las mujeres que había en la **cola.**

Su madre, que tenía la costumbre de **saltarse la fila** cuando iba de compras, **fingió** no haberla oído.

La señora de la fila insistió:

-You are the last one, madam! You have to queue like everybody else! (¡Usted ha llegado la última, señora! Tiene que hacer cola como todos).

Su madre, **como quien oye llover**, la ignoró y continuó hablando con el farmacéutico:

- Some pills that suppress appetite or suppositories for constipation (Unas pastillas que quiten el hambre o supositorios contra el estreñimiento).

Loli se dio cuenta de que la mujer de la cola las miraba a su madre y a ella **de reojo**. El resto de los clientes que había en la farmacia posiblemente también las observaban, curiosos.

Loli se quería morir y no se atrevía a levantar la vista del suelo.

-Madam, we don´t make miracles here. What your daughter needs to do is to stop eating so much! (Señora, aquí no hacemos milagros. ¡Lo que su hija tiene que hacer es dejar de comer tanto!) –dijo finalmente el tipo que se parecía a Groucho Marx.

Los clientes de la farmacia se echaron a reír.

Al final, el farmacéutico le vendió a su madre una **infusión de hierbas que prometía quitar las ganas de comer.** Eran un poco caras, pero **valía la pena intentarlo.**

Según su madre, **si estuviera delgada podría echarse novio.** Si se echase novio, sería feliz. Por tanto, ese era el secreto de la felicidad de una mujer: estar delgada.

Vocabulario 7

adelgazar - to lose weight

llena de gente: full of people

nada más entrar: as soon as (they) went in

se giraron hacia ellas: (They) turned toward them

Loli se puso roja: Loli went red

con sabor a queso: cheese-flavoured (crisps)

cuando le daba vergüenza algo, se ponía a comer patatas fritas: when she was embarrassed about something, she started to eat crisps.

Tipo: chap, bloke

Aclaró: (She) made clear

sonriendo coqueta: smiling in a coquettish way

a ella no le hacía falta: (She) didn't need that

Ella trató de esconder la bolsa de patatas fritas: She tried to hide her packet (bag) of crisps

cola: queue

saltarse la fila: Cutting in line, line/queue jumping

fingió: pretended

como quien oye llover: similar to "to turn a deaf ear" (to ignore, pretend you didn't hear)

de reojo: (looking) out of the corner of her eye

Loli se quería morir y no se atrevía a levantar la vista del suelo: Loli wanted to die and didn't dare to lift her eyes off the floor

una **infusión de hierbas que prometía quitar las ganas de comer:** a herbs infusion which promised to get rid of the urge to eat

valía la pena intentarlo: it was worth it to try

si estuviera delgada podría echarse novio: If she were slim, she could get a boyfriend

8. Con el pie izquierdo

...

Aquel día la Señorita Martina **se había levantado con el pie izquierdo. Nada le salía bien.**

Por la mañana, no había oído **el despertador** y se despertó una hora más tarde de lo habitual. Tuvo que salir de casa **deprisa,** sin desayunar y sin ducharse, cuando todavía estaba medio dormida.

Al llegar a la estación, su tren, el tren de las 7.32, el tren que solía tomar todos los días, ya había partido.

A pesar de perder el tren, consiguió llegar a las ocho y diez a la escuela. Solo diez minutos tarde.

No parecía demasiado, pero llegar diez minutos tarde era suficiente para que los chicos del Año 8 empezaran a **armar jaleo** y casi a matarse entre ellos. De hecho, cuando llegó a clase se encontró en el pasillo al jefe de estudios de la escuela, Mr Anson, que estaba **a punto de** abrir la puerta del aula. Seguramente había escuchado desde fuera el ruido que hacían los chicos y había ido a ver qué pasaba.

-Sorry, I have missed the train this morning! (¡Lo siento, he perdido el tren esta mañana!) –le dijo la Señorita Martina **a modo de saludo,** sin detenerse, entrando en el aula **apresuradamente** y cerrando la puerta detrás de ella con rapidez, **cortándole el paso** a Mr Anson y sin darle tiempo a decir nada.

Una vez dentro de la clase, fue hacia la pizarra y sobre la mesa del profesor **dejó caer ruidosamente su bolso,** unos cuantos libros y algunas carpetas que llevaba en la mano.

Los chicos la miraban.

-¿**Nos va a dar hoy las notas, señorita**? –le preguntó Pete. Pete era uno de los mejores estudiantes de la clase de español. Siempre hacía los deberes, le encantaba estudiar gramática y solía sacar muy buenas notas.

-¡**Por supuesto**, claro que sí! –contestó ella con una sonrisa **un poco forzada**. Aquella mañana la Señorita Martina **no tenía muchas ganas de sonreír**, pero tenía que hacerlo.

De todas formas, Pete le caía muy bien. Gracias a estudiantes como él la media de la clase de español había pasado de 71.8% a 72.3% en solo seis meses. ¡**Todo un éxito!**

-¿**Qué he sacado yo, Señorita**? –le preguntó Rose, **la sabelotodo**, que también solía sacar buenas notas en español.

-**Ten paciencia**, Rose, daré las notas **dentro de un rato**. –le contestó la Señorita Martina con otra sonrisa forzada. *La sabelotodo* también **le caía muy bien**: era una buena estudiante que **a menudo** sacaba más de 80% en los exámenes de español.

-¿Qué media hemos sacado? –preguntó alguien.

-¿**Hemos ganado a los de francés?** –preguntó alguien más.

Cada año, cada trimestre, los chicos de la escuela que estudiaban idiomas (francés, español y alemán) **competían** para ver quién sacaba las notas más altas. Los dos grandes rivales eran la clase de español y la clase de francés.

La clase de alemán **se quedaba siempre en tercera posición**. Los chicos de alemán se quejaban. No era justo, decían. Ellos nunca podían ganar porque, aunque estudiaban mucho, sus notas eran siempre las más bajas. Sus notas eran más bajas, según ellos, por una sencilla razón: el alemán era una lengua mucho más difícil que el francés y que el español.

También había clases de latín, pero **nadie les tomaba en cuenta** a la hora de competir por las notas más altas. **Al fin y al cabo** el latín era una lengua muerta que **no servía para nada** y los estudiantes de latín solían ser chicos demasiado **raros**, que hablaban poco, leían mucho, llevaban gafas y **parecían estar siempre en las nubes.**

Los chicos de español llevaban tres años ganando:

Media Clase de español: 72% - 71.8% -72.3%

Media Clase de francés: 71.3% - 70.7% - 71.8%

Sin embargo, el último **trimestre** los chicos de francés **se habían acercado** peligrosamente:

Media Clase de español: 72.1%

Media clase de francés: 71.9%

Los chicos de español querían seguir siendo los campeones, naturalmente, y esperaban con ansiedad los resultados del último examen.

La Señorita Martina tenía miedo de **decepcionarlos**. Habían estudiado mucho y **se merecían ganar.**

Los chicos la miraban **expectantes**. Por supuesto que cada uno quería saber qué nota había sacado, pero sobre todo querían saber si habían ganado a la clase de francés. Eso era lo que más les importaba en aquel momento.

La Señorita Martina **tosió un poco para aclararse la garganta**. Luego sacó una botellita de agua mineral sin gas que siempre **llevaba consigo** y bebió un poco. Estaba nerviosa y **cuando se ponía nerviosa le daba sed.**

Los chicos la miraban sin decir nada.

De una de **las carpetas** que había dejado sobre la mesa sacó un documento. Era una hoja de Excel con todas las notas, de todas las asignaturas, de todas las clases de la escuela.

Con un dedo se puso a buscar las notas de francés.

-Media de la clase de francés: 72.3% –dijo finalmente.

Los chicos se pusieron nerviosos. ¡72.3% era una media muy alta! ¿Habrían sacado ellos una nota **aún más alta**? Parecía difícil.

Todos los ojos estaban fijos en la Señorita Martina, que continuaba recorriendo con un dedo el documento Excel, ahora **en busca de** las notas de la clase de español, su clase.

-Media de la clase de español: 72.2%

¡Habían perdido!

Por una diferencia mínima, pero habían perdido. Había ocurrido lo que todos temían: la clase de francés los había **humillado**.

Todo el esfuerzo, todas las horas de estudio, no habían servido de nada. Habían dejado de ser los campeones.

A pesar de Pete, a pesar de Rose, la media de la clase de español había sido más baja que la de la clase de francés.

Nadie dijo nada, pero todos sabían quién tenía la culpa de aquella **derrota**.

La Señorita Martina tampoco dijo nada, pero miró de reojo a Loli, aquella niña **grandullona** que **no daba una** en clase de español, a pesar de que sus padres eran de Barcelona. Un verdadero desastre de niña que no lograba pasar del 50% y que había hecho bajar la media de la clase de español. Su clase de español.

A la Señorita Martina, **Loli** no le caía muy bien.

…

Vocabulario 8

se había levantado con el pie izquierdo: She had got up on the wrong side of the bed

Nada le salía bien: Nothing was going well

el despertador: the alarm clock

deprisa: quickly, fast

A pesar de perder el tren: despite missing her train

armar jaleo: make noise

a punto de: about to do something

a modo de saludo: as a greeting

apresuradamente: in a hurry

cortándole el paso: standing in the way

Una vez dentro de la clase: once inside the class

dejó caer ruidosamente su bolso: (She) dropped her bag loudly

¿Nos va a dar hoy las notas, Señorita?: Are you going to give us our marks today, miss?

Por supuesto: of course

un poco forzada: a fake (smile)

no tenía muchas ganas de sonreír: (She) didn't feel like smiling

De todas formas: anyway

Todo un éxito: a great success

¿Qué he sacado yo, Señorita?: what did I get, miss?

la sabelotodo: the know-it-all

Ten paciencia: be patient

dentro de un rato: in a while

le caía muy bien: (She) liked him

a menudo: often

¿Hemos ganado a los de francés?: did we beat the French?

Competían: (They) used to compete (against each other)

se quedaba siempre en tercera posición: (They) always arrived in third position

nadie les tomaba en cuenta: Nobody would take them into account

Al fin y al cabo: after all

no servía para nada: (It) was good for nothing

parecían estar siempre en las nubes: (They) always seemed to have their heads in the clouds (daydreaming)

Trimestre: term (three months)

se habían acercado: (They) had got closer

decepcionarlos: to disappoint them

se merecían ganar: they deserved to win

Expectantes: waiting anxiously

tosió un poco para aclararse la garganta: (She) cleared her throat

llevaba consigo: (she) carried with her

cuando se ponía nerviosa le daba sed: when she got nervous she got thirsty

las carpetas: the folders

aún más alta: even higher

en busca de: looking for something

humillado: humiliated

A pesar de: in spite of

Derrota: defeat

Grandullona: very big

no daba una: (She) did not get a single one right

Loli no le caía muy bien (she) didn't like Loli very much

9. La Elefatonta

Loli odiaba la clase de español. **No se le daba bien** y siempre **sacaba una nota muy baja.**

Tenía muy mala memoria y nunca recordaba cómo se escribían las palabras. ¿Con b o con v? ¿Con n o con ñ? ¿Pero o perro? ¿Polo o pollo?

Entendía las reglas de gramática, pero luego **se hacía un lío** con las excepciones… ¡Había demasiadas excepciones! Nunca estaba segura de si tenía que decir es o está, iba o fui, hago o haga…

El subjuntivo le parecía **una pesadilla**, odiaba los verbos irregulares, no entendía la diferencia entre por y para, qué y cuál, ser y estar…

La Señorita Martina le había dicho que su pronunciación en español era terrible. Según ella, **hablaba como una niña española de dos años que tuviera la boca llena de arena**. No se entendía nada de lo que decía.

Los chicos de la clase la odiaban. **Le decían que era culpa suya** si habían perdido el primer puesto contra la clase de francés. Decían que era tonta, tonta y perezosa.

Antes la llamaban "La Elefantona" porque era grande, gorda y alta como una elefanta. Ahora, algunos chicos de la clase habían empezado a llamarla "La Elefatonta" porque **no daba una** en clase de español y siempre sacaba malas notas.

¡Elefatonta!

"¿Una elefanta con mala memoria? ¡Imposible! ¡Tú no eres *una elefantona*, sino *una elefatonta*!", le decían.

46

¡Elefatonta! ¡Elefatonta!

En realidad, a nadie le importaba que *La Elefatonta* sacase malas notas en español; el problema era que a causa de sus malas notas la clase de español había perdido con la clase de francés.

Loli tenía muchas ganas de terminar el curso y olvidarse del español y de los idiomas para siempre. **A fin de cuentas**, quién quiere aprender español, se decía, cuando todo el mundo habla inglés. Solo quería aprobar **la asignatura**, aunque fuese **por los pelos**, y no volver a oír nunca más de aprender español.

"You will always be a failure!" (¡No llegarás a nada en la vida!), le dijo su padre cuando vio las notas que había sacado aquel trimestre.

"As soon as you are 16, you will start working. No more waste of time at school. You are not good at studying. You are not intelligent enough!"(En cuanto cumplas 16 años te pondrás a trabajar. Se acabó perder el tiempo en la escuela. Tú no sirves para estudiar. ¡No eres bastante inteligente!)

Fue así que Loli, a los 16 años, dejó de ir a la escuela. Era normal. Su padre tenía razón. A ella no se le daba bien estudiar. Lo mejor es que se pusiera a trabajar.

Vocabulario 9

No se le daba bien: (She) wasn´t good (at Spanish)
sacaba una nota muy baja: (She) usually would get a very low mark (in school)
se hacía un lío: (She) used to get confused
una **pesadilla:** a nightmare
hablaba como una niña española de dos años que tuviera la boca llena de arena: (She) used to speak like a Spanish two-year-old girl who had her mouth full of sand
Le decían que era culpa suya: (They) would say it was her fault
no daba una: (She) didn't get anything right
A fin de cuentas: After all, in the end, at the end of the day
la asignatura: the subject (in school)
por los pelos: barely pass, manage to scrape (a subject at school) (by the hair)

10. El hombre alto y la mujer delgada

El problema es que a Loli tampoco se le daba bien trabajar.

A los 16 años, cuando dejó de estudiar, su madre le encontró un trabajo de niñera y luego le consiguió un empleo como cajera en el supermercado del barrio.

Todo fue un desastre: Loli perdió el trabajo de niñera y **la despidieron del supermercado**.

"What you have to do is to lose weight, get a boyfriend and get married" (Tú lo que tienes que hacer es adelgazar, echarte novio y casarte), le solía decir su madre.

"When I was young, I wasn't pretty nor inteligent. I was a bit like you, but I still managed to seduce your father. But, of course, at least I was slim… Have you taken the weight loss infusion that I bought in the pharmacy?"

(Yo de joven no era ni guapa, ni inteligente. Yo era como tú, pero me las ingenié para ligarme a tu padre. Pero, claro, yo, por lo menos, estaba delgada… ¿Has tomado la infusión para adelgazar que compré en la farmacia?)

Sí, Loli había tomado la infusión para perder peso que su madre le había comprado en la farmacia, pero no parecía funcionar. Cuando al salir de la ducha se miraba en **el espejo**, ella se veía igual de gorda que siempre.

Cuando Loli se veía gorda, se ponía triste.

Cuando se ponía triste, le daba por comer. En realidad no tenía hambre, pero de todas formas comía. No sabía por qué comía si no tenía hambre, pero el caso es que comía.

Luego se miraba en el espejo, se veía aún más gorda y se ponía aún más triste.

Para sentirse mejor, volvía a comer. Y así…

¿A quién había salido? A su madre seguro que no. Su madre, la madre de Loli, no era ni muy alta, ni muy baja. Era, digamos, normal: ni demasiado baja, ni demasiado alta.

Las mujeres demasiado altas no son muy femeninas, pensaba Pepa, la madre de Loli, **y además les resulta muy difícil encontrar novio.**

Todo el mundo sabe que, en una pareja, el hombre debe ser más alto que la mujer. ¿Una mujer casada con un hombre más bajo que ella? Absolutamente ridículo. **De risa.** Impensable. **De ninguna manera. Antes, muerta**. De hecho, esa fue uno de las razones principales por las que se casó con Paco.

Antes de conocer a Paco, Pepa salía con un chico simpático y alegre que estudiaba **derecho**, que estaba muy enamorado de ella y que siempre la hacía reír porque era muy gracioso. No era muy guapo, es verdad. Se parecía un poco a Woody Allen de joven y, como Woody Allen, era feo, bajito, divertido y se lo pasaba muy bien con él.

Pero había un problema: era muy bajo. De hecho, **el ejército** no lo admitió por ser demasiado bajo.

Sus amigas se burlaban de ella.

-Oye, Pepa, **¿tu novio ha hecho ya la primera comunión?**

-Tu novio es tan bajito que tendrás que ponerle una escalera para que pueda subir a la cama por las noches, ¿no?

- Más que una pareja de novios, **tú pareces una ventrílocua y él tu muñeco**.

- **¡Despídete de tus zapatos de tacón!**

Y fue así que Pepa, cansada de soportar **las bromas** de sus amigas, dejó de salir con su novio bajito y se casó con Paco, que no era ni muy simpático, ni muy inteligente, ni muy gracioso, ni muy divertido y con quien en realidad ella no se lo pasaba bien. Es más, con Paco **se aburría como una ostra**.

La verdad es que ni él estaba muy enamorado de ella, ni ella estaba muy enamorada de él, pero por lo menos era alto, eso sí, era un tipo bastante alto. Alto y guapo. Se parecía un poco a Al Pacino de joven.

Como era alto y bastante guapo, **sus amigas dejaron de molestarla** con sus **bromas pesadas**.

Sin embargo, para Pepa, lo peor que le podía pasar a una mujer no era ser demasiado alta. Lo peor era ser gorda.

A los hombres no les gustan las mujeres gordas. Está muy bien eso que se dice de que la belleza está en el interior; que lo importante es tener sentido del humor, ser inteligente, tener personalidad… Según Pepa, todo eso eran **paparruchas**. Los hombres se casan con las delgadas. Punto.

A una mujer, los hombres le pueden perdonar todo: que sea tonta, que no sepa cocinar, que sea sucia, que sea estéril y no pueda tener hijos; que sea fea, que tenga las tetas pequeñas, que no tenga culo… cualquier cosa excepto que sea gorda. Eso no.

Ella, Pepa, nunca había estado gorda, ni siquiera "**rellenita**". Desde muy joven había entendido que si quería que le saliera novio tenía que mantenerse delgada. Y por eso había estado siempre muy atenta a lo que comía.

Normalmente no desayunaba o, quizás, **todo lo más**, un café con leche bebido, sin nada de comer. Café descafeinado, por supuesto. Según ella, las mujeres debían tomar solamente té, leche caliente, chocolate o café descafeinado. Nada más.

Almorzar, almorzaba bien, es decir, comía de todo: arroz, patatas fritas, garbanzos, lentejas, carne, pescado… lo normal. Pero, eso sí, en platos muy pequeños y con porciones mínimas. Decía que para mantenerse con el peso adecuado **había que levantarse de la mesa con hambre.** Si al final del almuerzo no se tiene hambre, decía, es porque se ha comido demasiado.

Y no cenaba. A veces una manzana o tal vez una ensalada. Muy poco. Decía **que le gustaba irse a la cama con hambre.** Si por la noche, en la cama, no le dolía el estómago por el hambre es que había comido demasiado.

De joven, muy a menudo le dolía el estómago por el hambre, pero ahora ya se había acostumbrado. Para ella tener hambre se había convertido en algo normal y ahora el estómago solo le dolía de vez en cuando.

Es más, le gustaba la sensación de tener hambre. Sabía que si tenía hambre, estaba delgada.

Por eso no entendía que su hija fuera gorda. ¿Cómo es posible que su hija tuviera problemas de sobrepeso si ella era tan delgada? ¿Si ella había sido siempre tan delgada?

Cuando Pepa miraba a su hija Loli **se ponía triste**. No le decía nada, pero se ponía triste.

¿Qué pensaba Pepa? Pepa pensaba que la vida no había sido justa con ella. **¿Qué había hecho ella para merecerse una hija tan gorda,** tan grande y tan poco femenina? Ella, tan guapa, tan simpática, tan alegre, tan delgada y tan femenina **no se merecía una hija como Loli.**

¿Se merecía ella una hija así? No, ella se merecía una hija guapa y delgada, como era ella. Ella no se merecía tener como hija a aquella mujerona grandullona que siempre parecía seria y triste.

La vida no había sido justa con Pepa.

Vocabulario 10

la despidieron del supermercado: She was fired from her job at the supermarket

el espejo: the mirror

Cuando Loli se veía gorda: whenever Loli would see how fat she was

se ponía triste: she used to get sad

Cuando se ponía triste: When she got sad

le daba por comer: She fancied eating

¿A quién había salido?: Who does she take after?

y además les resulta muy difícil encontrar novio: and, besides, it's very difficult for them to find a boyfriend.

De risa: laughable

De ninguna manera: no way

Antes, muerta: (She) would rather be dead

el Ejército: the army

Sus amigas se burlaban de ella: her friends used to laugh at her

¿tu novio ha hecho ya la primera comunión?: Has your boyfriend taken his first communion?

tú pareces una ventrílocua y él tu muñeco: you look like a ventriloquist and he looks like your dummy

¡Despídete de tus zapatos de tacón!: say goodbye to your high heel shoes!

las bromas: jokes, pranks

se aburría como una ostra: (She) used to get bored to death (Spanish idiom "aburrirse como una ostra" = to be very bored)

sus amigas dejaron de molestarla: her (girl) friends didn't bother her anymore

bromas pesadas: pranks, practical joke

Paparruchas: rubbish, nonsense

A una mujer, los hombres le pueden perdonar todo: men can forgive a woman for anything

Rellenita: chubby, a bit fat

todo lo más: at the most

había que levantarse de la mesa con hambre: you had to leave the table feeling hungry

que le gustaba irse a la cama con hambre: that she used to like going to bed feeling hungry

De joven, muy a menudo le dolía el estómago por el hambre: when she was young, very often her stomach used to ache from being hungry

se ponía triste: she used to get sad

¿Qué había hecho ella para merecerse una hija tan gorda: what had she done to deserve such a fat daughter?

no se merecía una hija como Loli: (She) didn't deserve a daughter like Loli

11. Un vestido de domingo

Era un sábado por la tarde. Fuera llovía. Como **se había quedado en casa** y no sabía qué hacer, Loli **se echó en la cama** y se puso **a hojear**, otra vez, el álbum de fotos viejas. Quería volver a ver aquella foto en blanco y negro de la estación de trenes. Había algo que **le llamaba la atención** de aquella foto, pero no sabía muy bien qué era. **Con un dedo empezó a recorrer las caras** de todos los viejos que se veían en el andén de la estación. La mayoría llevaban sombrero, como antes era costumbre. Parecían muy pobres.

De repente la vio. Eso era lo que le había llamado la atención de aquella foto. Detrás de los viejos, casi escondida, se veía a una chica joven, vestida de forma muy elegante. No se veía bien, pero parecía que llevaba un vestido muy bonito, un vestido de día de fiesta, **un vestido de domingo**. Tal vez era su mejor vestido. También llevaba un bolso marrón, quizás de piel, un abanico y **zapatos de tacón**. Su figura contrastaba mucho con el resto de los personajes de la foto. Loli pensó que parecía **un fantasma**, una aparición sobrenatural, y se preguntó si los viejos de la foto también la veían. Era una presencia extraña en aquella estación de pueblo.

¿Estaba viendo un fantasma del pasado? **Loli se quedó observando** la cara de aquella mujer. Era muy joven, casi una niña. Parecía casi de su misma edad…

-Leave the dead alone! (¡Deja en paz a los muertos!) –la voz de su padre desde la puerta de su dormitorio **la sobresaltó**.

 Normalmente, los sábados por la tarde solía estar fuera, conduciendo el taxi, pero aquella tarde no se sentía bien. Le dolía la cabeza y había vuelto a casa para echarse un poco en la cama.

-What are you doing, always looking at those old pictures? Don´t you realize most of them are already dead. Why don´t you look at the pictures on Facebook or Instagram, like all young people of your age do? Why are you so weird? (¿Qué haces siempre mirando esas fotos viejas? No te das cuenta de que la mayoría de esos están ya muertos. ¿Por qué no miras las fotos en Facebook o Instagram, como hacen todos los jóvenes de tu edad? ¿Por qué eres tan rara?)

Su padre pensaba que ella era muy rara porque no tenía Facebook. Y tenía razón. Seguramente era la única chica de 19 años que no usaba **las redes sociales.**

Bueno, la verdad es que antes sí que había tenido cuenta en Facebook, pero la había cerrado porque algunos chicos de la escuela **habían comenzado a insultarla, a burlarse de ella.** La llamaban *Elefatonta*. Pero Loli no quería pensar ahora en aquello. Se decía que, bueno, que, en realidad no le importaba; que de todas formas eso de Facebook era **una tontería**, una pérdida de tiempo, que **le daba igual**.

Cuando su padre desapareció y **volvió a quedarse sola**, Loli se levantó de la cama y fue a cerrar la puerta de su habitación. Quería estar tranquila. **No quería que nadie la molestara.**

Tenía mucha curiosidad por saber quién era aquella joven del vestido elegante. Se preguntaba qué estaba haciendo aquel día en el andén de aquella estación, rodeada de viejos.

Y sobre todo se preguntaba por qué había conservado su abuelo aquella foto.

Cuando se quedó sola volvió a abrir el álbum. **Con mucho cuidado despegó la foto.** Quería saber si detrás había alguna información. A veces en las fotografías antiguas la gente escribía el nombre o la fecha de la foto. Era algo así como las etiquetas o las *tags* de Instagram, pensó.

Vocabulario 11

se había quedado en casa: (She) had stayed at home

se echó en la cama: (She) lay down on her bed

a hojear: to leaf through, to flick through.

le llamaba la atención: it would get her attention

Con un dedo empezó a recorrer las caras: (She) started to trace the faces with her finger

De repente: suddenly

un vestido de domingo: literally, "a Sunday dress" (= her best dress)

zapatos de tacón: high heel shoes

un fantasma: a ghost

Loli se quedó observando: Loli looked intently, closely

la sobresaltó: made her jump, frightened her

las redes sociales: social networks

habían comenzado a insultarla, a burlarse de ella: (they) had started to insult her, to make fun of her

una tontería: a stupid thing, something silly

le daba igual: (She) didn't care

volvió a quedarse sola: (She) was alone again (She was left alone again)

No quería que nadie la molestara: (She) didn't want to be disturbed

Con mucho cuidado despegó la foto: (She) unstuck (detached) the picture carefully

12. Penélope

Penélope Dúrcal 1959

Eso era lo que estaba escrito, **a mano,** con bolígrafo azul y con una **caligrafía torpe**, insegura, infantil, en la parte de atrás de la fotografía.

La chica se llamaba Penélope Dúrcal. **A Loli le sonó raro.**

"¿Quién se llama Penélope hoy en día? Nadie. Es un nombre raro"

Le sonaba a antiguo. Quizás fuese un nombre popular en España en aquellos años.

Volvió a mirar la cara de la chica en la estación. Ahora sabía cómo se llamaba. La sintió un poco más cercana. Tenía un nombre: Penélope Dúrcal.

¿Quién era Penélope Dúrcal? Parecía el **nombre artístico** de una cantante, de una actriz. ¿Se llamaba realmente así aquella chica de la estación? Loli no estaba segura.

¿Por qué había conservado su abuelo aquella foto durante tantos años? ¿Era alguien de su familia? ¿Una prima, una amiga, una vecina, una compañera de escuela? ¿Una antigua novia? ¿Una amante secreta?

Loli empezó a imaginar diferentes posibilidades.

Se acercó la fotografía a la cara, buscando los ojos de la chica, de Penélope. Loli recordó que un profesor de la escuela solía decir que en los ojos de la gente se podía ver quién era realmente una persona: si era una persona triste o alegre, si era inteligente, si tenía miedo, si estaba enamorada, si tenía envidia, si tenía celos, si mentía, si decía la verdad…

La imagen de la chica era muy **borrosa** y no se distinguía bien. **Era difícil apreciar los ojos con claridad.**

Loli tuvo una idea. **Saltó de la cama y se agachó delante de la mesilla de noche**. Abrió uno de **los cajones**. Allí, en alguna parte, había **una lupa,** una de esas lupas pequeñas de plástico que usan los niños en la escuela. Hacía años que no la había usado, pero estaba segura de que estaba allí, escondida, en alguna parte de aquel cajón lleno de **trastos viejos**.

"¡Aquí está!" exclamó satisfecha cuando la encontró.

Luego volvió a la cama, cogió de nuevo la fotografía y puso la lupa sobre los ojos de Penélope Dúrcal.

Ahora estaba segura. Ya no le cabía ninguna duda.

En aquellos ojos, **en aquella mirada**, Loli vio dos cosas: amor y miedo.

Penélope estaba enamorada y tenía miedo.

Dos preguntas le vinieron de inmediato a la cabeza: ¿de quién estaba enamorada y de qué (o de quién) tenía miedo Penélope Dúrcal?

Vocabulario 12

a mano: by hand (escribir a mano = handwriting)
caligrafía torpe: sloppy, messy, ugly handwriting
A Loli le sonó raro: it sounded strange to her
nombre artístico: stage name
Se acercó la fotografía a la cara: (She) brought the picture closer to her face
muy **borrosa:** very blurred
Era difícil apreciar los ojos con claridad: It was difficult to discern (distinguish) her eyes clearly
Saltó de la cama y se agachó delante de la mesilla de noche: (She) jumped from the bed and crouched down (bent down, squatted) in front of the bedside table
los cajones: the drawers
una lupa: magnifying glass
trastos viejos: junk
en aquella mirada: in that look

13. Tú no vales

...

-I advise you to stop studying Spanish. (Te aconsejo que dejes de estudiar español). -le dijo la Señorita Martina un día, cuando **todos los niños ya habían salido al recreo** y las dos se quedaron solas en la clase.

-Why? (¿Por qué?) –le preguntó Loli, **mirando al suelo**. Loli nunca miraba a los ojos de la gente cuando hablaba.

-Because you are not good at studying Spanish, Loli. You aren´t good at it, sorry. I know it isn't easy to hear, but I have to be honest with you. You are not a little girl any more. You are already 13.

(Porque **no vales para estudiar español**, Loli. **No se te da bien,** lo siento. Sé que no es algo fácil de escuchar, pero tengo que ser sincera contigo. Ya no eres una niña pequeña. Ya tienes 13 años).

Loli **se aguantó las ganas de echarse a llorar** y siguió escuchando a la Señorita Martina.

-Your grades are worse and worse. In the first term: C, in the second: D. If you go on like that, you will fail Spanish this year.

(Cada vez tienes peores notas. En el primer trimestre: C, en el segundo: D. Si sigues así, vas a suspender español este año).

Loli la escuchaba en silencio. **En el fondo** sabía que la Señorita Martina tenía razón. **Ella no servía para estudiar español, no se le daban bien los idiomas.**

-And your parents are Spanish... it seems incredible, Loli. You should be the first in the class and you are the last one. Are you not ashamed?

(Y eso que tus padres son españoles...Parece mentira, Loli. Deberías ser la primera de la clase y eres la última. ¿No te da vergüenza?)

- My parents never speak to me in Spanish, miss. Sometimes, they speak Spanish between them, but they always speak to me in English.

(Mis padres nunca me hablan en español, señorita. A veces entre ellos hablan en español, pero a mí me hablan siempre en inglés). –dijo Loli en voz baja, mirándose los zapatos.

-Excuses, Loli, excuses! Don´t make me angry. You don´t study Spanish because you are very lazy.

(¡Excusas, Loli, excusas! No me hagas enfadar. No estudias español porque eres muy vaga, muy perezosa).

Loli no dijo nada.

Un poco tenía razón la Señorita Martina, pensó Loli. Era un poco vaga. Muchas veces no hacía los deberes y estudiaba solo el día antes de los exámenes.

Le gustaría ser como Pete o Rose, que siempre sacaban buenas notas, pero es que a ella no se le daba bien estudiar español. Se le olvidaban las palabras, no tenía mucha memoria, **se distraía.**

Ese era su problema: se distraía. Se ponía a estudiar, abría el libro y a los cinco minutos ya estaba en las nubes, **pensando en las musarañas**.

Le aburría estudiar y le aburría el español. El español le aburría muchísimo. Todas las asignaturas le aburrían, pero el español era la asignatura que más le aburría.

Al principio pensaba que el español sería más fácil y que, por una vez en su vida, podría sacar buenas notas: al fin y al cabo ella era hija de españoles. Pero nada, **ni por esas.** *after all*

Le costaba muchísimo ponerse a estudiar español. Había que estudiar tantas cosas de memoria: las conjugaciones de los verbos, el vocabulario de la casa, de la ciudad, de la familia… palabras masculinas y femeninas, los artículos, las preposiciones…

-I study, miss, but then I don´t remember the words. I forget everything.

(Yo estudio, señorita, pero es que luego no me acuerdo de las palabras. Se me olvida todo). –dijo finalmente Loli).

62

-The problem is not only that you get bad grades. The problem is that the average of the Spanish class is going down because of you. I don´t know if you are aware of that. –le dijo la Señorita Martina.

(El problema no es solo que tú saques malas notas. El problema es que por tu culpa la media de la clase de español está bajando. No sé si te das cuenta).

Sí, Loli se daba cuenta. Y los niños de la clase también se habían dado cuenta y por eso la odiaban. No solo era la más gorda de la clase, la más alta, la más rara, la más tonta, sino que además era la culpable de que la media de la clase de español no fuera más alta. En definitiva, **por su culpa los de francés habían ganado** y ellos, los de español, habían perdido. Todo por culpa de la *Elefatonta*, como la llamaban ahora.

En clase nadie se quería sentar con la Elefatonta. *Decían* "**¡Qué asco!",** en español, cuando pasaban a su lado; la ignoraban en el recreo, le robaban los bocadillos que llevaba a la escuela, le quitaban sus paquetes de patatas fritas, la insultaban en Facebook… Sí, Loli ya se había dado cuenta de todo.

-If I were you, Loli, I would stop studying Spanish. –volvió a decirle la Señorita Martina.

(Si yo estuviera en tu lugar, Loli, dejaría de estudiar español).

Y Loli no dijo nada. Se aguantó la ganas de llorar otra vez y no dijo nada.

En el fondo, ¿para qué quería ella aprender español? **El español no servía para nada.**

Vocabulario 13

todos los niños ya habían salido al recreo: All the children were in the playground (recreo = break, recess in school).

mirando al suelo: looking at the floor

no vales para estudiar español: You are not good at Spanish

No se te da bien: You are not good at

se aguantó las ganas de echarse a llorar: (she) held back her tears

En el fondo: in the end, basically, on the whole.

Ella no servía para estudiar español, no se le daban bien los idiomas: (She) wasn't good at studying Spanish, she wasn't good at languages

Parece mentira: it seems incredible, it is hard to believe (literally, the expression "parece mentira" = it looks like a lie)

¿No te da vergüenza?: are you not ashamed?

se distraía: (She) would get distracted

pensando en las musarañas: daydreaming

ni por esas: even so (despite her parents' being Spanish, her marks in Spanish were very low)

Le costaba muchísimo ponerse a estudiar español: (She) found it usually very difficult to start studying Spanish

por su culpa los de francés habían ganado: it was her fault that the French class had beaten them

"¡Qué asco!: how disgusting!

El español no servía para nada: Spanish was useless, of no use.

14. ¿Quién es?

-Who is she? (¿Quién es?). –dijo Loli **en voz baja**, mientras ponía la fotografía sobre la mesa. Se había sentado a su lado, en una silla, y le hablaba en voz baja. No quería que la escucharan, no quería que nadie de su familia supiera que había ido a ver al abuelo.

El viejo **no le hizo caso** y siguió mirando por la ventana, la única ventana que había en su dormitorio, una ventana pequeña que daba a una calle tranquila, sin mucho tráfico.

-Who is she? (¿Quién es?). –volvió a decir Loli, pero ahora **alzando un poco la voz**.

Su abuelo seguía sin decir nada. La ignoraba. En realidad, su abuelo ignoraba a todo el mundo. **Llevaba sin hablar varios años.** Decían los médicos que **no estaba bien de la cabeza**, cosas que les pasan a los viejos. Se pasaba el día sentado en el sillón de su dormitorio, mirando por la ventana, **callado** y sin decir nada, **con la mirada perdida.**

Loli **agarró a su abuelo por un brazo** y volvió a alzar la voz:

-Grandad, look at the picture! Who is she! Who is that girl in the picture? Do you remember her? (¡Abuelo, mira la foto! ¿Quién es? ¿Quién es esa chica de la foto? ¿La recuerdas?).

Su abuelo no le hizo caso. Siguió mirando por la ventana, en silencio, **empeñado en seguir los pasos de un tipo** con **gorro** que fumaba mientras paseaba por **la acera** con su perro. Debía de hacer mucho frío fuera.

Loli volvió a insistir:

-Grandad, please, look at the picture. Do you know that girl? That girl on the platform, do you know her? Who was she? (¡Abuelo, por favor, mira la foto. ¿Conoces a esa chica? La chica en el andén, ¿la conoces? ¿Quién era?).

Nada, ni caso. Su abuelo seguía perdido en su propio mundo. Ahora parecía estar interesado en una señora mayor y su hija que pasaban por la acera **cargadas con bolsas del supermercado.**

Loli agarró la fotografía y se la puso al viejo delante de la cara. Loli se estaba poniendo cada vez más nerviosa.

-Penélope Dúrcal, grandad, Penélope Dúrcal! Do your rememer her? Look at her! Look at her! Who was she? (¡Penélope Dúrcal, abuelo, Penélope Dúrcal! ¿La recuerdas? ¡Mírala! ¿Quién era?). –le decía Loli, **mientras agitaba la fotografía** delante de la cara de su abuelo. Cada vez hablaba más fuerte, casi le gritaba.

-What´s going on here? (¿Qué pasa aquí?). –dijo su padre, abriendo **de repente** la puerta de la habitación. **Había escuchado los gritos** de Loli y había entrado **para ver qué ocurría.**

-Nothing! (¡Nada!). –contestó Loli, **guardándose rápidamente la foto en un bolsillo de los pantalones.**

-What are you doing here? (¿Qué estás haciendo tú aquí?). –le preguntó su padre. Estaba sorprendido de encontrarla allí.

-Nothing, I only wanted to talk to him. He is always alone (Nada, yo solo quería hablar con él. Siempre está solo). –dijo Loli, buscando en su cabeza alguna excusa que pareciera creíble.

Su padre la miró en silencio sin decir nada. Luego miró al abuelo. Por un momento pensó que su hija tenía algo de razón. El viejo se pasaba los días solo, en su habitación, mirando por la ventana.

- He is not right in the head. Your mum is taking care of him. Now, leave him alone and don´t disturb him (No está bien de la cabeza. Tu madre se ocupa de él. Ahora déjalo en paz y no lo molestes). –dijo finalmente Paco, abriendo la puerta de par en par y haciendo un gesto con la cabeza para que su hija saliera de la habitación.

Loli se levantó de la silla. Mientras se levantaba, volvió a mirar al abuelo. El viejo continuaba mirando por la ventana sin decir nada, pero ahora **una lágrima le resbalaba por la mejilla.**

- Don´t come in here on your own again, you hear me? Come in here only to help your mother wash the old man and clean the room, but don´t you dare come in on your own (No vuelvas a entrar aquí tú sola, ¿me oyes? Entra solo para ayudar a tu madre a lavar al viejo y a limpiar la habitación, pero tú sola ni se te ocurra). –Volvió a decir Paco.

Loli salió de la habitación, en silencio, sin mirar a su padre.

Solo ella se había dado cuenta de que el abuelo estaba llorando.

de paz en paz

Vocabulario 14

en voz baja: in a low voice
no le hizo caso: (He) ignored her (no hacer caso = to ignore)
alzando un poco la voz: raising her voice
Llevaba sin hablar varios años: (He) hadn't said anything for years
no estaba bien de la cabeza: (He) wasn't well in the head
callado: quiet, silent
con la mirada perdida: with a blank stare, with a faraway look (he seemed to have his mind in another place)
agarró a su abuelo por un brazo: (She) grabbed one of his granddad's arms
empeñado en seguir los pasos de un tipo: (He) kept his eyes fixed on a man walking (on the street)
gorro: woolly hat
la acera: the pavement
Nada, ni caso: nothing, to no avail, unsuccessfully
cargadas con bolsas del supermercado: carrying (heavy) supermarket bags
mientras agitaba la fotografía: while she was waving the picture
de repente: suddenly
Había escuchado los gritos: (He) had heard the shouting (the screams)
para ver qué ocurría: to see what was going on
guardándose rápidamente la foto en un bolsillo de los pantalones: quickly, putting the picture away in one of her trouser pockets
ahora **una lágrima le resbalaba por la mejilla:** now, one tear was running down his cheek

15. Ponerse las pilas *battories*

Paco estaba preocupado. No sabía qué podían hacer con su hija, con Loli. Cada vez estaba más gorda. Ni trabajaba, ni estudiaba. Se pasaba el día sola, encerrada en su habitación, sin hablar con nadie. No tenía amigos y siempre parecía estar triste. *seem*

Esa hija tuya va por mal camino. –le dijo un día a Pepa, su mujer.

-También es tu hija. –le contestó ella.

-Tenemos que hacer algo. **No podemos dejar que siga así.** – *again* volvió a insistir el padre de Loli.

-Estoy de acuerdo, pero ¿qué podemos hacer? **¿Se te ha ocurrido algo?** –contestó la madre.

Paco y Pepa eran españoles. Se habían conocido de jóvenes, cuando todavía vivían en Barcelona. Se casaron y, como no tenían trabajo, decidieron emigrar a Londres.

Con ellos se fue también Torcuato, el padre de Pepa.

En realidad, Torcuato no quería irse a Inglaterra. Él quería quedarse en España y volver al sur, a Andalucía, a Granada, donde había hecho el Servicio Militar en los años 60, cuando era joven. Decía que se había enamorado de la ciudad y de sus gentes.

Decía que siempre había querido volver al sur y quedarse a vivir allí; que ese era su sueño, un sueño que nunca había podido cumplir.

De joven, su madre le prohibió volver a Granada. Le dijo que el sur de España era muy pobre, que no había trabajo, que se moriría de hambre; que era mejor que se quedara en Barcelona y que se casara con una buena chica de una buena familia.

Torcuato hizo caso de su madre: se quedó en Barcelona y se casó con una buena chica que sus padres le presentaron. Una buena chica, de una buena familia.

Luego llegaron los hijos, el trabajo, las responsabilidades. Poco a poco Torcuato se fue olvidando de su sueño, del sur, de Andalucía. Hasta que…

Hasta que murió su mujer, la madre de Pepa.

Cuando se quedó **viudo**, Torcuato pensó que era su oportunidad para irse a vivir a Granada, pero Pepa dijo que **ni hablar**, que no podían dejarlo solo. Estaba viudo y cada vez más viejo. Tenía que irse con ellos a Londres, aunque no le gustara el tiempo de Inglaterra, ni la comida.

-Pero, ¿qué vamos a hacer nosotros en Londres, tan lejos de España? –dijo Torcuato.

-En Inglaterra hay trabajo y en España no, Papá. –le respondió Pepa a su padre.

-¡Pero yo no hablo inglés! –protestó su padre.

-Yo tampoco, ni Paco, pero ya aprenderemos. Tú también, ya verás. Tú también aprenderás inglés. **¡Hay que ponerse las pilas**, papá!–dijo Pepa.

-Yo soy demasiado viejo… -dijo Torcuato en voz baja, triste, pero resignado a la voluntad de su hija.

Cuando llegaron a Londres, ninguno de los tres hablaba inglés, pero, como decía Pepa, había que "ponerse las pilas rápidamente". Si querían trabajar, tenían que aprender inglés.

El primer año en Inglaterra fue muy duro. Paco trabajaba de **friegaplatos** en la cocina de un restaurante y Pepa limpiaba habitaciones en un hotel.

A los dos les pagaban muy poco, pero **por lo menos podían pagar el alquiler** de una habitación doble en un piso compartido con otros emigrantes. Como no hablaban bien inglés, ese era el único tipo de trabajo que podían hacer.

Los dos **se matricularon en una escuela de inglés**, **en el turno de tarde**. Al principio los dos iban a clase tres veces a la semana. Eran unos cursos muy baratos que el ayuntamiento de la ciudad ofrecía a los trabajadores extranjeros.

Sin embargo, Paco solo duró unas cuantas semanas. Al poco tiempo dejó de ir a clase. Trabajaba muchas horas y al final del día estaba demasiado cansado. Un día incluso **se quedó dormido** mientras la profesora explicaba los verbos frasales en inglés. Decidió no volver.

Pepa, en cambio, **siguió yendo a clase**. Decía que quería **aprender inglés para no pasarse la vida limpiando la mierda de otros**. Además, como su trabajo en el hotel era muy solitario y no podía hablar con casi nadie, le gustaba ir a clase y ver gente. Decía que había sido siempre una mujer muy sociable y necesitaba estar rodeada de otras personas.

Poco a poco, Pepa aprendió inglés. Como le gustaba hablar con la gente en la calle, en las tiendas, en la oficina de correos, en el hospital o con sus compañeras en el hotel donde trabajaba, aprendió rápidamente el inglés que necesitaba para el día a día. No podía leer el periódico, ni leer libros en inglés porque su vocabulario era muy limitado, pero eso no le importaba demasiado. **De todas formas** a ella nunca le había gustado leer. Tampoco podía ver la televisión o ir al cine porque no entendía nada, pero eso tampoco le importaba porque a ella el cine no le gustaba.

Paco, **por su parte**, aprendió inglés hablando con los clientes del taxi. Al principio lo pasaba muy mal porque no entendía donde querían ir, ni él conocía la ciudad muy bien. Algunos clientes **se quejaban** porque los había llevado a lugares diferentes o se había perdido y había tardado muchísimo en llegar al destino final.

Pero eso era antes. Ahora Paco entendía, más o menos, a casi todos los clientes que se subían al taxi y conocía, más o menos, la ciudad.

Vocabulario 15

Esa hija tuya va por mal camino: Your daughter (that daughter of yours) is on the wrong track (on the wrong path)
No podemos dejar que siga así: we cannot let her go on like that
¿Se te ha ocurrido algo?: Did something occur to you?
ni hablar: no way!
Viudo: widower
Hay que ponerse las pilas: You have to get to work!
Friegaplatos: dishwasher
por lo menos: at least
podían **pagar** el **alquiler:** (they) could pay the rent
Los dos se matricularon en una escuela de inglés: (They) enrolled in an English school
en **el turno de tarde:** in the evening shift
se quedó dormido: (He) fell asleep
siguió yendo a clase: (She) carried on going to class
aprender inglés para no pasarse la vida limpiando la mierda de otros: to learn English so she did not have to spend the rest of her life cleaning other people's shit
De todas formas: anyway
por su parte: on the other hand
se quejaban: they complained

16. ¡Viejo, loco, policía!

A Paco **le había parecido raro** encontrar a su hija en la habitación del viejo.

Normalmente nadie entraba en aquella habitación, **salvo su mujer**, Pepa, la madre de Loli. **Era ella quien se ocupaba de** llevarle la comida, ayudarle a levantarse, a ir al baño y **esas cosas**. Al fin y al cabo el viejo era el padre de Pepa. Era normal que fuese ella quien se ocupase de él.

A Paco nunca le gustó el padre de Pepa y al padre de Pepa nunca le gustó Paco, el marido de su hija…

No le caía bien. Bueno, la verdad es que no se caían bien el uno al otro. A Paco no le gustaba el viejo y al viejo no le gustaba Paco.

A Paco nunca le gustó la idea de traerse de España al viejo. Fue una idea de su mujer. Si por él fuera, el viejo se habría quedado en España. Al fin y al cabo eso era lo que él mismo quería, ¿no?

Pepa casi le había tenido que obligar a irse con ellos. El viejo decía que en Inglaterra hacía mucho frío, que no había luz, que iba a **echar de menos** a sus amigos de España, los colores, el sabor de la fruta… Y la verdad es que tenía razón. El viejo nunca fue feliz en Inglaterra.

Y además, es que no sabía decir ni una palabra en inglés. Paco y Pepa, más o menos, habían aprendido a hablar en inglés, aunque no demasiado bien, la verdad. Tenían los dos un acento muy fuerte en español y cometían muchos errores de gramática, pero, bueno, más o menos podían sobrevivir a la vida diaria, ir a las tiendas, hablar con los médicos del hospital, preguntar direcciones en la calle, pedir una hamburguesa en McDonalds…

El viejo, en cambio, no hablaba ni una palabra. **Se había negado en redondo a aprenderlo.** Si salía a la calle no entendía nada, no podía hablar con nadie, no tenía amigos. Decía que él no quería aprender inglés, que no quería quedarse en Inglaterra, que quería volver a España.

El abuelo de Loli, el padre de Pepa, **ni siquiera podía leer el periódico** o ver la televisión. Se fue poniendo cada vez más triste. Dejó de salir a la calle. Decía que para qué iba a salir, si no tenía nada qué hacer, ni ningún sitio donde ir, ni nadie con quien hablar.

Poco a poco fue dejando de salir y **terminó por resignarse** a pasar más tiempo en casa. Se quedaba encerrado en su habitación, solo, sentado en un sillón y mirando por la ventana, viendo a la gente que pasaba por la calle. A veces se acordaba de España y **se ponía a hojear su álbum de fotos**, su viejo álbum de fotografías antiguas de cuándo él era joven y aún vivía en España.

Conocía de memoria cada fotografía, cada persona, cada paisaje, cada detalle. Las había visto muchas veces. Cada persona le traía muchos recuerdos, anécdotas, historias, algunas tristes y amargas, otras alegres y divertidas: su madre lavando ropa en el río; su tío Eduardo en el valle con las ovejas; sus primos jugando al fútbol con una pelota hecha de bolsas de plástico; el cura del pueblo que siempre tenía un cigarrillo en la boca; Don Emilio, el maestro, que solía dar clase con una botella de vino en la mano; el Servicio Militar en Granada, su primera novia…

No solo echaba de menos España, echaba de menos ser joven. Quería volver a ser aquel niño alegre y despreocupado que cada día salía corriendo de la escuela en busca de una pelota para jugar al fútbol en la plaza de la iglesia, o perseguir a las niñas para levantarles la falda.

Siempre sumido en sus recuerdos, siempre con la mirada perdida, **se le fueron poniendo los ojos cada vez más tristes.** Dejó de sonreír, dejó de afeitarse, dejó de ducharse… **poco a poco fue perdiendo las ganas de vivir.**

A Loli le daba mucha pena su abuelo.

Una vez, cuando todavía una niña, Loli se despertó en medio de la noche. Alguien había encendido la luz en el pasillo. Sus padres se habían levantado. Discutían, daban voces. Escuchó algunos golpes en la pared, ruido de pasos. **Alguien caminaba arriba y abajo del pasillo.**

Su madre estaba gritando. Quizás lloraba. Sus padres hablaban en español entre ellos y no entendía bien qué decían. Luego oyó también la voz de su padre. Entendió solo algunas palabras: viejo, loco, policía…

"Old, mad, police" tradujo mentalmente en inglés Loli, que no terminaba de comprender de qué estaban hablando sus padres.

Al día siguiente su madre le contó que el abuelito no se encontraba bien, que estaba enfermo. Que lo habían tenido que llevar al hospital. Que pasaría unos días en el hospital y luego, cuando estuviese mejor, volvería a casa.

Aunque Loli era todavía muy pequeña, tenía quizás solo seis o siete años, se dio cuenta de que había algo raro en aquella historia, que su madre no le estaba contando toda la verdad.

Un día Loli se enteraría de lo que realmente había pasado aquella noche, pero para ello aún tendría que esperar unos cuantos años.

Vocabulario 16

le había parecido raro: (He) had thought it was strange
salvo su mujer: except his wife
Era ella quien se ocupaba de llevarle la comida: it was her who was in charge of taking him his food
y **esas cosas:** and things like that
echar de menos: to miss (somebody or something)
Se había negado en redondo a aprenderlo: (he) had categorically refused to learn it
ni siquiera podía leer el periódico: he couldn't even read the paper
terminó por resignarse: Eventually, he resigned himself
se ponía a hojear su álbum de fotos: (He) started to flick through (leaf through)
se le fueron poniendo los ojos cada vez más tristes: his eyes became sadder and sadder
... poco a poco fue perdiendo las ganas de vivir: ... little by little (he) was losing his will to live
A Loli le daba mucha pena su abuelo: Loli felt sorry for her granddad
Alguien caminaba arriba y abajo del pasillo: somebody was walking back and forth along the corridor

17. Una niña especial

-What I am trying to say is that she might be better off somewhere else, maybe in a different school, a school with different standards, rather than wasting her time with us. There´s no point carrying on pretending she will be one day successful in our school. She will not. And it´s not fair on the rest of students either! She is bringing down the average mark of her class. I am sorry, but I have to be brutally honest with you. There is no place for her in our school. She has to go.

El director de la escuela hablaba muy despacio, **vocalizando** cada palabra, en un tono de voz alto, claro y fuerte. Lo que tenía que decirles a los padres de Loli era muy importante y quería estar seguro de que le entendían correctamente.

Paco estaba muy sorprendido, **estaba alucinando**, pero no dijo nada. No sabía qué decir. **Se había quedado de piedra**. Se quedó mirando al director de la escuela con la boca abierta, paralizado, sin decir nada.

"No parece un hombre muy inteligente. **Nadie puede negar que es el padre de la chica.**", pensó el director.

Pepa tampoco se atrevía a decir nada. ¿Había entendido bien? ¿Estaba el director de la escuela diciéndoles que su hija era tonta y que debería dejar de estudiar? No estaba segura de haber entendido bien. Su inglés no era muy bueno y a veces no comprendía bien lo que le decían.

La Señorita Martina, que hasta ese momento había estado sentada al lado del director, se levantó de la silla y empezó a hablar en español. Quería estar segura de que los padres de Loli habían entendido al director de la escuela.

-Lo que el señor director quiere decir es que nosotros, esta escuela, no está preparada para educar a chicas como Loli. Ella tiene unas características especiales que nosotros no sabemos cómo tratar. Para ella existen otro tipo de escuelas…

Paco se puso rojo. **Le daba vergüenza** escuchar las palabras del director de la escuela y de la profesora de español. Sabía que tenían razón. Su hija Loli era tonta. Él siempre lo había sabido. De hecho, se lo decía a menudo a su mujer: "esta hija tuya es tonta, no sirve para nada, no sabe hacer nada."

Pepa estaba dándole vueltas en la cabeza a algo que la Señorita Martina había dicho. La Señorita Martina había dicho "características especiales". Sí, había dicho que Loli tenía características especiales.

-Ya sé que está un poco gorda, pero puede adelgazar, puede perder peso… -comenzó a decir Pepa. Pepa estaba segura de que si Loli fuera tan delgada, tan guapa y tan femenina como ella no tendría ningún problema en la escuela.

- **El sobrepeso de Loli no tiene nada que ver**. Ella es simplemente **incapaz** de integrarse con el resto de estudiantes de la clase. No es sociable, no sabe mantener una conversación con los chicos de su edad, no sonríe, está siempre seria. Algunos niños pequeños tienen miedo de ella.

-Loli no es violenta. –dijo Pepa.

-No, no es violenta físicamente, pero a muchos niños **les da miedo** estar cerca de ella. –Insistió la Señorita Martina.

Pepa no dijo nada. En el fondo sabía que la profesora de español de su hija tenía razón. Loli era rara. Era gorda y rara. De hecho, se lo decía a menudo a su marido: "esa hija tuya está demasiado gorda. Tiene que adelgazar. Es muy poco femenina."

Cuando salieron de la escuela, Paco estaba muy furioso.

-Esta hija tuya es tonta. No sirve para nada, no sabe hacer nada. - le dijo a su mujer.

-Lo que Loli tiene que hacer es casarse. Adelgazar, echarse novio cuanto antes y casarse. **Buscar a alguien que la mantenga**. –respondió Pepa.

Paco no la escuchaba. Se sentía humillado. El director de la escuela y la profesora de español lo habían humillado. Estaba avergonzado y muy enfadado, pero en el fondo sabía que tenían razón. Él mismo, su padre, siempre había sabido que la chica no servía para estudiar. Ahora en la escuela también se habían dado cuenta y **no querían cargar con ella. Se la querían quitar de encima.** La querían mandar a otra escuela, a una escuela para niños tontos, para los que no saben o no quieren estudiar, para los que serán siempre unos fracasados, para los que no tendrán nunca un trabajo, para los que no tienen futuro. Una escuela para perdedores.

Vocabulario 17

Vocalizando: articulating

estaba alucinando: (He) was stunned

Se había quedado de piedra: (He) was extremely surprised (paralysed, like a statue made of stone)

Nadie puede negar que es el padre de la chica: Nobody can say he is not the father of the girl

Pepa tampoco se atrevía a decir nada: Pepa didn't dare to say anything either

Paco se puso rojo: Paco went red

Le daba vergüenza: (He) was embarrassed

Pepa estaba dándole vueltas en la cabeza: Pepa couldn't stop thinking about it

El sobrepeso de Loli no tiene nada que ver: The obesity of Loli has nothing to do

Incapaz: unable

les da miedo: (They) are scared of her

Buscar a alguien que la mantenga: to find somebody who supports her financially

no querían cargar con ella: (They) did not want to put up with her

Se la querían quitar de encima: They wanted to get rid of her

18. De la cama al sillón, del sillón a la cama

Loli **sospechaba** que nunca le habían contado realmente toda la verdad sobre su abuelo, sobre aquella noche, cuando ella era todavía una niña pequeña, en la que se despertó en su habitación, a oscuras, **por los ruidos** y las voces de sus padres. Discutían y parecían ir de un lado a otro de la casa: del salón a la cocina, de la cocina al baño, del baño al comedor. Sentía a su madre que iba arriba y abajo del pasillo gritando, en español, palabras que ella no entendía. Sentía a su padre, gritando **muy furioso**, detrás de ella: "¡viejo, loco, policía!"
"*old, mad, police*" -**traducía mentalmente Loli.**
Cuando se levantó aquella mañana, su madre le dijo que el abuelito se había puesto enfermo y los médicos lo habían llevado al hospital, pero que **en cuanto estuviese otra vez bien de salud volvería a casa.** No debía preocuparse.
Aunque Loli era todavía muy pequeña, **de alguna manera** supo que su madre no le estaba contando toda la verdad.
Unas semanas después, como su madre le había dicho, el abuelo volvió, efectivamente, a casa.
-¡Abuelito, abuelito! –le dijo Loli, cuando lo vio salir del ascensor.
Loli corrió hacia él. Quería abrazarlo, darle muchos besos. **Lo quería mucho. Tenía muchas ganas de volverlo a ver. Lo había echado mucho de menos.** El abuelo no la miró. Como si no la hubiera visto, **como si no supiera quien era.** *as if*
-¡Abuelito, abuelito! –volvió a decir Loli, que no terminaba de entender por qué su abuelo no la besaba, no la abrazaba, no la cogía en brazos como solía hacer antes.

-He is tired, leave him alone now. He wants to sleep. –le dijo su madre.

(Está cansado, déjalo en paz ahora. Quiere dormir).

Loli se quedó paralizada, inmóvil. Tenía entonces solo 6 o 7 años y no entendía muy bien qué le pasaba a su abuelo, por qué no le decía nada. ¿Estaba enfadado con ella? ¿Había hecho algo malo?

Loli tuvo miedo.

El viejo cruzó el umbral de la puerta y continuó andando por el pasillo de la casa, sin mirarla, sin oírla, sin decirle nada, **sin soltar una palabra.** Luego lo vio meterse en su habitación, en su dormitorio, de donde no volvería a salir jamás.

Loli tuvo mucho miedo. Ella también se fue a su habitación y se echó a llorar. *echarse – start*

Al día siguiente, su madre le dijo que no se preocupara, que el abuelito solo estaba un poco cansado, que había estado enfermo en el hospital, que tenía que descansar unos días, pero que pronto se pondría mejor y volvería a ser el mismo abuelito de antes.

Loli sabía que no era verdad. Loli era todavía muy pequeña, pero de alguna manera entendió que el abuelo estaba mucho peor que antes. Antes estaba triste y no tenía ganas de hacer nada. Ahora no solo estaba triste: no reconocía a nadie de la familia, ni siquiera a Pepa, su hija; ni siquiera a ella, a Loli, su nieta.

Además, desde que volvió del hospital, el viejo, como lo llamaba su padre, no podía hacer nada solo. Era completamente **incapaz de valerse por sí mismo.** Su madre tenía que vestirlo, lavarlo, llevarlo al baño.

Ya no volvió a salir de su habitación. No hablaba con nadie, no escuchaba a nadie. **De la cama al sillón y del sillón a la cama.** Ni siquiera podía comer solo: su madre le llevaba el desayuno, el almuerzo y la cena a su dormitorio y le daba de comer ella misma, como si fuera un niño pequeño, un bebé, **metiéndole la cuchara en la boca para que comiese,** acercándole el vaso de agua para que bebiera.

A Loli le daba mucha pena ver a su abuelo así. Lo quería, lo quería mucho. De pequeña, mientras sus padres trabajaban, era él el que la llevaba a jugar al parque y el que **la ayudaba a montar en los columpios.**

-Higher, higher! (¡más alto, más alto!) –gritaba ella, riendo, para que su abuelito empujase el columpio con más fuerza.

Era él el que le compraba **chucherías**, era él el que jugaba con ella, era él el que le hacía cosquillas para que se riera cuando estaba triste. Era siempre él el que **se quedaba con ella** al lado de la cama cuando se ponía enferma y **tenía fiebre,** el **que le contaba cuentos** todas las noches para que se quedara dormida. Era él el que la levantaba cuando se caía y era él el que **la consolaba cuando lloraba.**

Fue también él el que le enseñó a no tener miedo de los perros. Un día, cuando estaban los dos en el parque, un perrito **juguetón** se acercó a ellos, saltando y **moviendo la cola.** Solo quería jugar, pero Loli, que aún era muy pequeñita, **se asustó.** Le dio miedo y fue a esconderse entre las piernas del abuelito.

-No tengas miedo, Loli, solo quiere jugar. –le dijo él, sonriendo.

Para que la niña no tuviera miedo, Torcuato **se agachó** y puso a **acariciar** al perro en la cabeza y en **el lomo.**

-¿Ves? No hace nada, solo quiere jugar contigo. Quiere ser tu amigo. Es un perrito muy simpático.

Loli miró al perro y sonrió.

-Tócalo tú también, Loli. –le dijo el abuelito. ¡Quiere jugar contigo! Quiere que tú lo acaricies. Ponle la manita en la cabeza.

Lentamente, muy despacito, la niña fue avanzando la mano hasta ponerla sobre la cabeza del perrito.

-¡Muy bien, Loli! ¡Muy bien! –le dijo el abuelo riendo. ¿Ves? No hace nada, solo quiere jugar contigo.

El perro y la niña se miraron. El perro movía la cola contento. Loli se echó a reír. Desde aquel día, Loli nunca volvió a tener miedo de ningún perro.

83

Por algunos años, Loli era la única persona con quien el viejo podía hablar. Su hija y Paco estaban siempre muy ocupados y no tenían apenas tiempo para nada que no fuera el trabajo.

Después, con el paso del tiempo, **a medida que** Loli fue creciendo y el abuelo se fue haciendo cada vez más viejo, se fueron alejando el uno del otro.

Al principio, Loli, cuando era muy pequeña, sabía decir algunas palabras en español (hola, adiós, besitos, me gusta, vamos y algunas pocas palabras más que había aprendido con el abuelo), pero desde que empezó a ir a la escuela solo quería hablar en inglés. Decía que todos los niños hablaban en inglés y ella quería ser como todos los niños. Era natural.

El abuelo le hablaba en español, pero Loli respondía en inglés. Poco a poco fue haciéndole menos preguntas. Como no la entendía, **el viejo acabó por no hablar con ella.** Si quería decirle algo, se lo decía **por señas,** haciéndole un gesto con las manos o con la cabeza.

Terminaron por no hablarse. Como Loli era casi la única persona con quién el viejo podía hablar, pasaba mucho tiempo solo, en silencio.

Él se puso cada vez más triste. Se volvió más callado, más solitario. Se pasaba los días solo, hojeando su viejo álbum de fotos o mirando por la ventana con la mirada perdida.

Un día, mientras ayudaba a su madre a ordenar la cocina, Loli le preguntó a su madre por el abuelo.

-What´s wrong with grandpa, mum? Why is he sad?

(¿Qué le pasa al abuelito, mamá? Por qué está triste).

-Nothing, it is only old people stuff. You leave him in peace and don´t disturb him. –respondió ella.

(Nada, son solo cosas de viejos. Tú déjalo en paz y no lo molestes)

De pequeña, Loli era muy obediente: **hizo caso de lo que le dijo su madre** y no volvió a molestar a su abuelo.

Pero ahora ya habían pasado muchos años. Loli no era ya una niña pequeña. Ya no era una niña obediente. Era una mujer joven que quería saber qué le había pasado a su abuelo, qué es lo que su madre le había ocultado durante todo ese tiempo.

Por eso se había puesto a mirar las imágenes en blanco y negro del viejo álbum de fotografías del abuelo. Por eso quería saber quién era Penélope Dúrcal. Por eso, a veces, cuando entraba en el dormitorio para ayudar a su madre a ordenar la habitación y hacer la cama, le miraba a los ojos. Quería saber qué estaba pensando, qué recuerdos tenía, con qué o con quién soñaba su abuelo.

En aquellos ojos, en aquella mirada perdida, Loli vio solo dos cosas: amor y tristeza.

Dos preguntas le vinieron de inmediato a la cabeza: ¿de quién estaba enamorado y por qué estaba tan triste su abuelo?

apenas

Vocabulario 18

Sospechaba: (She) suspected
por los ruidos: because of the noise
muy furioso: very furious
traducía mentalmente Loli: Loli translated in her mind
en cuanto estuviese otra vez bien de salud volvería a casa: as soon as (he) was in good health again, he would come back home
de alguna manera: somehow, in some way
Lo quería mucho: (She) loved him very much
Tenía muchas ganas de volverlo a ver: (She) couldn't wait to see him again
Lo había echado mucho de menos: (She) had missed him
como si no supiera quien era: as if he didn't know who she was
El viejo cruzó el umbral de la puerta: the old man crossed the threshold
sin soltar una palabra: without saying a word
incapaz de valerse por sí mismo: unable to take care of himself
De la cama al sillón y del sillón a la cama: from the bed to the armchair and from from the armchair to the bed
metiéndole la cuchara en la boca para que comiese: putting the spoon into his mouth to make him eat
la ayudaba a montar en los columpios: (He) used to help her get on the swings
Chucherías: candy, sweets, treats
se quedaba con ella: (He) used to stay with her
tenía fiebre: (She) had a temperature, a fever
el **que le contaba cuentos:** the one who used to tell stories (fairy tales) to her
la consolaba cuando lloraba: (He) used to comfort her when she was crying
juguetón: playful

moviendo la cola: wagging its tail

se asustó: (She) got scared

se agachó: (He) bent down

acariciar: stroked, patted

el lomo: the back (of an animal)

a medida que Loli fue creciendo: as Loli was growing up

el viejo acabó por no hablar con ella: the old man ended up not talking to her

por señas: through signs, using signs

Terminaron por no hablarse: (They) ended up not talking to each other

hizo caso de lo que le dijo su madre: (She) listened to what her mother had said (Loli did what her mum had told her to do)

19. Chorradas

El viernes por la tarde el padre de Loli volvió a casa contento. En el aeropuerto había cogido a una pareja de novios que acababa de aterrizar y los había llevado al hotel **por el camino más largo**. Era un **truco** que usaba a menudo con los turistas que no conocían bien la ciudad **para hacer algún dinerillo extra**.

Como su mujer todavía no había llegado a casa, Paco agarró una cerveza del frigorífico y se sentó en el sofá, al lado de su hijo. Su hijo, Roberto, el hermano menor de Loli, estaba, como de costumbre, viendo algo en la tele y jugando con el móvil **al mismo tiempo**.

-Next year, *as soon as you are eighteen, you'll get your driving licence, right?* (el año que viene, en cuanto tengas dieciocho años, te sacarás el carné de conducir, ¿de acuerdo?) –le dijo Paco.

El hermano de Loli no dijo nada. Ni siquiera alzó la cabeza. **Estaba a punto de batir su propio record** en uno de sus videojuegos favoritos y no quería perder la concentración.

Paco encendió un cigarrillo y se puso a fumar.

Luego **se llevó la botella a la boca, bebió un trago de cerveza** y por unos segundos se quedó mirando a su hijo. Quería que fuese taxista, como él. Era un buen trabajo, pensaba. Todo el día sentado, sin pasar frío en invierno, ni calor en verano. Tranquilo. Sin jefes. **Sin tener que darle cuentas a nadie.**

Para el padre de Loli, ser taxista era mucho mejor que ser **albañil**, **cartero** o que trabajar en un bar. Si fuera más joven, quizás se haría **electricista** o **fontanero**. Pensaba que los fontaneros ganaban un montón de dinero: "solo por ir a tu casa ya te hacen pagar, aunque luego no hagan nada y ni siquiera te resuelvan el problema."

Para Paco, ser fontanero era **un chollo**.

Su hijo, Roberto, debería ser fontanero, pero **era muy perro, muy vago.** No le gustaba estudiar, ni trabajar. Se pasaba el día delante de la televisión o jugando con videojuegos.

La verdad es que ninguno de sus dos hijos servía para estudiar. Loli era tonta y Roberto, bueno, Roberto no era tonto, pero **no le gustaba dar un palo al agua.** Era muy vago, muy perezoso. Le recordaba un poco a él mismo cuando era joven. Tampoco a él le gustaba hacer nada. Ni estudiar, ni trabajar. Por eso pensaba que ser taxista era el trabajo ideal para su hijo. **Al fin y al cabo,** ¿qué había que hacer para conducir un taxi? Nada. Conducir y nada más. Era un trabajo que lo podía hacer **cualquiera, incluso** su hijo.

Paco se llevó el cigarrillo a la boca, **soltó una bocanada de humo** y volvió a beber otro trago de cerveza. Luego se puso a mirar la tele. Estaban dando un programa de humor, un concurso. Como su nivel de inglés era muy básico, no entendía casi nada de lo que decían, pero sabía que era un programa de humor porque el público, el presentador y los concursantes **se reían a carcajadas** muy a menudo.

Cogió el mando a distancia y empezó a hacer un poco de zapping, buscando algún canal con noticias de deportes, algún partido de fútbol o, al menos, un partido de baloncesto. Nada, no había nada. Como de costumbre, en la televisión **no daban nada que valiera la pena, solo chorradas.** Solo había noticias, un documental sobre animales y varios programas aburridos sobre libros y exposiciones de pintura. Si quería ver Gran Hermano o algo que valiera la pena, había que **abonarse** a uno de esos canales privados que **costaban un ojo de la cara.**

Al final encontró algo que no estaba mal: un programa de vídeos caseros. Esos vídeos de caídas tontas, pequeños accidentes y escenas con perros y gatos que hacen cosas divertidas.

El padre de Loli miró el reloj. Se estaba haciendo tarde.

Su mujer tardaba en volver a casa. Los viernes solía salir más tarde del hotel donde trabajaba. Llegaban muchos nuevos turistas y las habitaciones tenían que estar listas **sí o sí.**

-And mum? (¿Y mamá?) –le preguntó Roberto de repente, sin alzar la cabeza del móvil.

-She must be about to arrive. Today is Friday (Ya debe de estar a punto de llegar. Hoy es viernes). –le contestó.

-I am hungry (Tengo hambre).

Paco no dijo nada más. Él también tenía hambre, pero no había nada que hacer hasta que no llegase su mujer del trabajo.

A él no le gustaba que Pepa trabajara. Según él, la obligación de una mujer casada era cuidar de los hijos y de su marido.

"Si pasaras más tiempo en casa, tu hijo no sería tan vago, ni tu hija tan tonta", solía decirle a Pepa.

"También son hijos tuyos", solía responder ella.

Pepa se sentía culpable por ir a trabajar y abandonar a sus hijos y a su marido en casa, pero necesitaban el dinero. Con el taxi de Paco y la pensión del abuelo no era suficiente para mantener un matrimonio y dos hijos en una ciudad tan cara como Londres.

"No quieres que trabaje, pero luego **bien que coges el dinero** que traigo yo a casa, ¿no? El dinero que yo gano sí que te gusta, ¿verdad? **Sin mi salario del hotel, ya me dirás cómo llegaríamos a fin de mes"**, le solía decir Pepa a su marido.

Paco sabía que era verdad. Sin el dinero que su mujer ganaba trabajando en el hotel no llegarían a fin de mes, pero de todas formas le gustaba **echarle en cara** de vez en cuando que trabajase fuera de casa y que no se ocupara de él y de los niños. Si sus dos hijos se habían convertido en dos "ninis", era por su culpa.

Un rato después se oyó el ruido de la llave en la puerta del piso. Pepa y Loli atravesaron el pasillo y llegaron al salón cargadas con las bolsas de la compra.

-I am hungry, mum! (¡Tengo hambre, mamá!) –dijo Roberto, sin alzar la cabeza del móvil.

Paco no dijo nada. No las miró. Simplemente se llevó la botella a la boca y volvió a echar otro trago de cerveza. Sabía que no decir nada era el mejor modo de hacerlas sentir culpables por llegar tarde.

Pepa y Loli fueron a la cocina, dejaron las bolsas en el suelo y empezaron a meter en el frigorífico todas las cosas que habían comprado.

-¡Es viernes, viernes por la tarde! Los viernes por la tarde siempre hay mucha gente en el supermercado. Hemos estado una hora haciendo cola en la caja. Y luego el autobús. Había mucho tráfico y ha tardado mucho en llegar. –gritó Pepa desde la cocina.

Ni su marido ni su hijo dijeron nada. Paco se levantó y fue a la cocina para coger otra botella de cerveza del frigorífico.

-¿Qué hago para cenar? –le preguntó Pepa a su marido, mirando preocupada el reloj que había en la pared de la cocina. Ya eran casi las ocho.

-Pizza and chips! (¡pizza y patatas fritas!). –dijo Roberto desde el salón.

Su marido no dijo nada. Puso la cerveza en la mesa del salón y volvió a sentarse en el sofá. **Se quedaría allí esperando hasta que la cena estuviese lista**, con un cigarrillo en una mano y en la otra el mando a distancia. Quería ver algún programa de deportes, pero no daban nada que valiera la pena, solo chorradas.

Vocabulario 19

acababa de aterrizar: (It) had just landed
por el camino más largo: via the longest way
truco: trick
para hacer algún dinerillo extra: to make some extra money
al mismo tiempo: at the same time
Estaba a punto de batir su propio record: (He) was about to beat his own record
Luego **se llevó la botella a la boca:** Then, (he) took the bottle to his mouth
bebió un trago de cerveza: (He) drank a sip of beer
Sin tener que darle cuentas a nadie: with no obligation to explain his actions to anyone
Albañil: builder
Cartero: postman
Electricista: electrician
Fontanero: plumber
un chollo: a bargain
era muy perro, muy vago: (He) was very lazy
no le gustaba dar un palo al agua: He didn't like to lift a finger (Spanish idiom "no dar un palo al agua" = he didn't like to work)
Al fin y al cabo: in the end, anyway
Cualquiera: anybody
Incluso: even
soltó una bocanada de humo: (he) blew a puff of (cigarette) smoke
se reían a carcajadas: (They) were laughing out loud
no daban nada que valiera la pena: Nothing worthwhile was on
solo chorradas: only rubbish
Abonarse: to subscribe
costaban un ojo de la cara: very expensive (Spanish idiom "costar un ojo de la cara" = to cost an arm and a leg)

sí o sí: no matter what

Pepa se sentía culpable por ir a trabajar: Pepa felt guilty for going to work

bien que coges el dinero: you are happy to take the money

Sin mi salario del hotel, ya me dirás cómo llegaríamos a fin de mes": without my salary from the hotel, could you tell me how could we make ends meet?

echarle en cara: to make her feel guilty for something (e.g. Pepa had a job)

Se quedaría allí esperando hasta que la cena estuviese lista: (He) would stay there waiting till dinner was ready

20. Haciendo la colada

El sábado era el día de **la colada**. Había que lavar la ropa de la semana.

Su madre se levantaba muy temprano, a eso de las siete y media, cuando la casa estaba todavía a oscuras, y, antes de irse al trabajo, **ponía la lavadora**. Luego, mientras ella estaba **arreglando habitaciones en el hotel**, Loli **se encargaría de tender la ropa** en el salón, que era la habitación más grande.

Loli estaba todavía en la cama, pero despierta. Escuchaba a su madre **trajinando** por el piso. Un rato después ella también tendría que levantarse para preparar el desayuno de su padre y de su hermano y limpiar el baño. **El sábado tocaba limpiar el baño**.

Cerró los ojos. Quería seguir durmiendo un poco más.

De pronto la habitación se llenó de luz, **como si de repente se hubiera hecho de día**.

Loli se despertó sobresaltada. Miró hacia la puerta y vio **una sombra**. Tardó unos segundos en comprender.

-What is this? Can you explain to me what this is? –le gritó su madre, sin entrar en el dormitorio.

(¿Qué es esto? ¿Me puedes explicar qué es esto?)

Loli no podía ver bien. La luz de la lámpara del pasillo **le hacía daño** en los ojos.

-Loli, wake up! What is this? Tell me, what is this?–volvió a gritar su madre desde la puerta.

(¡Loli, despierta! ¿Qué es esto? Dime, ¿qué es esto?)

Loli no sabía de qué estaba hablando su madre.

- What were you doing with this in your trouser pocket (¿Qué hacías tú con esto en el bolsillo del pantalón?). –Le volvió a preguntar Pepa a su hija, bajando un poco la voz. No quería que su marido y Roberto se despertasen.

Loli se alzó un poco de la cama **apoyándose en un brazo** y abrió mucho los ojos mirando hacia la puerta. Su madre tenía algo en la mano. Un papel, una tarjeta, una foto…

Por fin entendió. Se había olvidado de volver a poner la fotografía de Penélope Dúrcal en el álbum de fotos. Se la había metido en el bolsillo de los vaqueros cuando su padre la descubrió hablando con el abuelo y ya no había vuelto a pensar en ella.

Su madre parecía muy enfadada. Antes de meter la ropa en la lavadora **solía meter la mano en los bolsillos** de las chaquetas y de los pantalones para sacar cualquier cosa allí olvidada: un billete, una tarjeta de crédito, **el bono del metro**, cualquier cosa. Lo último que Pepa esperaba encontrar era aquella vieja fotografía.

Loli vio a su madre entrar en la habitación y acercarse a la cama. La agarró de un brazo con mucha fuerza, casi con violencia. Le estaba haciendo daño. Cuando la tuvo cerca, Loli pudo ver sus ojos. En los ojos de su madre, Loli vio miedo, pánico, ansiedad, angustia.

-Now, I have to go to work, but you and I have to talk when I come back! (¡Ahora me tengo que ir al trabajo, pero cuando vuelva tú y yo tenemos que hablar!) –le dijo al oído en voz baja, furiosamente, **como una amenaza.**

De repente, Loli volvió a tener tres o cuatro años, volvió a sentirse una niña pequeña indefensa como cuando hacía alguna **travesura** y **su padre se quitaba el cinturón para azotarla.**

Vocabulario 20

la colada: the laundry, the wash, the washing

ponía la lavadora: (She) used to do the laundry

arreglando habitaciones en el hotel: cleaning rooms in the hotel

se encargaría de tender la ropa: (She) would hang up the clothes (encargarse = to take care o something)

trajinando: being on the move, going from one place to other, being busy doing stuff

El sábado tocaba limpiar el baño: Saturday was the day to clean the bathroom

como si de repente se hubiera hecho de día: as if suddenly it were daytime

Loli se despertó sobresaltada: Loli woke up frightened, startled

una sombra: a shadow

le hacía daño: (It) was hurting her

apoyándose en un brazo: holding herself up with her arm

solía meter la mano en los bolsillos: She used to search the pockets with her hands

el bono del metro: underground pass

como una amenaza: like a threat

travesura: mischief, prank

y **su padre se quitaba el cinturón para azotarla:** and her father would take off his belt to spank her

21. Sal y vinagre

Cuando su madre salió y cerró la puerta, **la habitación volvió a quedarse a oscuras**, pero Loli ya no podía dormir.

Su madre la había asustado, le había dado miedo. Normalmente era su padre el que solía estar de mal humor en casa, el que gritaba, **el que se cabreaba** cuando algo no le gustaba. No estaba acostumbrada a ver a su madre así, tan enfadada, tan nerviosa.

Un rato después escuchó la puerta del piso abrirse y cerrarse de nuevo. Luego oyó el ruido del ascensor. Era su madre que iba a trabajar.

Loli se levantó y fue a la cocina. Tenía que preparar el desayuno para su padre. Si cuando se levantaba no encontraba el café, las tostadas y la mantequilla sobre la mesa, se enfadaba. Y lo último que Loli quería aquella mañana era que su padre se enfadase con ella.

Cuando terminó de poner la mesa, lavó los platos de la noche anterior y luego se sentó a esperar a su padre. Estaba nerviosa. Se preguntaba si su madre le habría contado lo de la fotografía de *Penélope Dúrcal.*

Fue un momento a su habitación, cogió tres paquetes grandes de patatas fritas y volvió a sentarse en la mesa de la cocina. No solía comer patatas fritas por la mañana tan temprano, pero **necesitaba calmarse de alguna manera.**

Loli miró el paquete: *Salt and vinegar* (sal y vinagre), **el sabor** que más le gustaba. Lo abrió ansiosamente y empezó a comer patatas fritas **de dos en dos**, luego de tres en tres y después de cuatro en cuatro. Solo cuando ya se había comido la mitad del segundo paquete empezó a sentirse mejor.

Mientras se llevaba puñados de patatas fritas a la boca compulsivamente, **intentaba poner en orden sus ideas.**

¿Por qué estaba su abuelo tan triste? ¿Por qué no hablaba? ¿Por qué no decía nada?

¿Qué había pasado realmente aquella noche lejana, cuando Loli era aún una niña y se despertó por los gritos de sus padres?

¿Por qué desapareció su abuelo de la casa durante varias semanas? ¿Dónde había estado? ¿Estuvo realmente en el hospital, como le dijo su madre? Ella pensaba que no, pero entonces, ¿dónde? ¿Dónde había estado su abuelo todo aquel tiempo?

Y luego…

¿Por qué se había echado a llorar su abuelo al ver aquella vieja foto de la estación del tren?

¿Por qué le había prohibido su padre que entrase sola en la habitación del viejo, como llamaba él al abuelo?

¿Por qué se había enfadado tanto su madre al encontrar la foto de Penélope Dúrcal en sus vaqueros?

¿Quién era Penélope Dúrcal?

Loli no podía dejar de darle vueltas en la cabeza a todas estas preguntas. Estaba tan **ensimismada** intentando encontrar una respuesta a cada una de ellas, que no se dio cuenta de que su padre acababa de entrar en la cocina. Como estaba sentada de espaldas a la puerta, no lo había visto llegar. De repente lo vio sentarse a la mesa, enfrente de ella, sin decir nada. No solía hablar mucho por las mañanas. Decía que su cabeza tardaba más tiempo en despertarse que el resto de su cuerpo. Decía que su cerebro necesitaba un par de cafés para ponerse a funcionar.

Llevaba una camiseta blanca de manga corta y todavía no se había afeitado. Solía ducharse y afeitarse después del desayuno.

Loli no se atrevía a mirar a su padre a la cara. Le daba miedo. Quizás estaba enfadado con ella, tal vez su madre le había contado lo de la foto de Penélope…

Lo vio llevarse la taza de café a la boca.

-*It´s cold! This coffee is cold!* (¡Está frío! ¡Este café esta frío!) – gritó su padre de mal humor. Le ponía de mal humor levantarse por la mañana y encontrar que el café estaba frío.

Ella se levantó de la silla sin decir nada y fue a preparar más café.

- *The toast is cold, too!* (¡Las tostadas también están frías!). –le escuchó decir a sus espaldas.

En silencio, sin darse la vuelta para mirarlo, **Loli cortó dos rebanadas de pan y las puso en el tostador.**

Paco encendió un cigarrillo. No le gustaba fumar antes del café, **con el estómago vacío,** pero se aburría, no sabía qué hacer. Cuando se aburría y no sabía qué hacer se ponía a fumar.

Mientras esperaba que su hija terminase de preparar el café y las tostadas, vio los tres paquetes de patatas fritas sobre la mesa. Estaban vacíos. Luego miró a Loli, que estaba de pie, de espaldas a él, poniendo mantequilla en las tostadas.

- *You keep getting fatter and fatter, don't you?* (Cada vez estás más gorda, ¿no?). –le dijo su padre, exhalando el humo del tabaco por la nariz.

Loli no respondió. Se quedó en silencio, mirando **el vapor** que salía del hervidor de agua.

Ahora estaba más tranquila. Su padre se comportaba de forma habitual. Probablemente su madre no le había contado lo de la fotografía de Penélope.

Vocabulario 21

la habitación volvió a quedarse a oscuras: the room was dark again (it got dark again)
Su madre la había asustado: her mother had frightened her
el que se cabreaba: the one who used to get mad
necesitaba calmarse de alguna manera: (She) needed to calm down
el sabor: the taste
de dos en dos: in twos, by twos,
Mientras se llevaba puñados de patatas fritas a la boca: while she was putting handfuls of crisps in her mouth
intentaba poner en orden sus ideas: (She) tried to organize what she had found out
Loli no podía dejar de darle vueltas en la cabeza a todas estas preguntas: Loli couldn't stop asking herself all those questions
Ensimismada: absorbed, immersed
Loli cortó dos rebanadas de pan y las puso en el tostador: She made two slices of bread and put them in the toaster
con el estómago vacío: with an empty stomach
el vapor: the steam

22. ¡Sí, mamá, ahora mismo!

Cuando Pepa volvió a casa por la noche estaba cansada y **no tenía ganas de discutir** con su hija. **Le había hecho bien trabajar en el hotel**. **Ya se le había pasado un poco el enfado de la mañana.**

De todas formas, cuando después de la cena las dos se quedaron solas en la cocina y se pusieron a lavar los platos y **barrer el suelo**, Pepa pensó que tenía que hablar con su hija, decirle algo para aclarar las cosas.

-Loli, if your father knew you got that picture of your grandad, he would kill you (Loli, si tu padre supiera que has cogido esa foto del abuelo te mataría). –le dijo en voz baja. Paco y su hijo Roberto estaban en el salón viendo la tele y no quería que la escuchasen.

-Why? it´s only an old picture (¿Por qué? Es solo una foto vieja). –dijo Loli, mientras con la escoba barría el suelo debajo de la mesa.

-Don´t ask questions. It´s old stuff, things that happened many years ago, which is best not to stir up (No hagas preguntas. Son cosas antiguas, cosas que pasaron hace muchos años y que ahora es mejor no remover).

A Loli la respuesta de su madre le pareció muy misteriosa.

-I only wanted to help grandad. He is always sad, quiet, looking out of the window (Yo solo quería ayudar al abuelo. Siempre está triste, callado, mirando por la ventana).

-Your grandad is sick, Loli, very sick, and neither you nor me can do anything else for him. He is very old now and doesn´t recognize anybody, not even us. You have to leave him alone. We have to let him die in peace.

(Tú abuelo está enfermo, Loli, muy enfermo, y ni tú ni yo podemos hacer nada más por él. Está ya muy viejo y no conoce a nadie, ni siquiera a nosotras. Tienes que dejarlo en paz. Hay que dejarlo morir en paz).

Loli recordó **las lágrimas** de su abuelo cuando ella le mostró la fotografía de la estación del tren y pensó que su madre se equivocaba, que el viejo sí que reconocía a la gente. Al menos había sido capaz de reconocer a aquella mujer joven en **el andén** de aquella vieja estación de trenes.

-Before going to sleep, drink your weight loss infusion (Antes de acostarte, tómate la infusión para adelgazar). –dijo Pepa, cambiando de conversación. Quería que su hija se olvidase del tema.

Loli quería saber todo sobre aquella mujer misteriosa del pasado, pero estaba claro que su madre no le iba a responder. Pensó que si insistía y continuaba haciéndole preguntas, solo conseguiría que se enfadase aún más. **Tenía que fingir**. Tenía que fingir que era una chica obediente; tenía que fingir que ya no le importaba nada de su abuelo, ni de aquella fotografía, ni de Penélope Dúrcal.

-Yes, mum, I will drink it right now (Sí, mamá, me la tomo ahora mismo). –dijo Loli, obediente.

Pero Loli ya no era la niña pequeña obediente y sumisa que había sido antes. Ya era una mujer joven, una mujer joven que se hacía muchas preguntas sobre su pasado, sobre el pasado de su familia y sobre sí misma.

Más tarde, aquella misma noche, ya sola en su dormitorio, buscó en el armario un paquete de patatas fritas con sabor a barbacoa y **se echó en la cama vestida.**

Allí, **mientras engullía puñados de patatas fritas**, pensó: "mañana, **en cuanto me quede sola**, volveré a la habitación del abuelo. **Tengo que averiguarlo todo**".

Vocabulario 22

no tenía ganas de discutir: (She) didn't feel like arguing

Le había hecho bien trabajar en el hotel: working in the hotel had worked wonders for her

Ya se le había pasado un poco el enfado de la mañana: her morning's anger had gone away

barrer el suelo: sweep the floor

las lágrimas: the tears

el andén: the platform

Tenía que fingir: (She) had to pretend

se echó en la cama vestida: (She) lay down on her bed dressed

mientras engullía puñados de patatas fritas: while she was stuffing herself with crisps

en cuanto me quede sola: as soon as I am left alone (as soon as I am on my own)

Tengo que averiguarlo todo: I have to find out everything

23. Como una ladrona

Loli miró el reloj que había en la pared de la cocina. Eran las ocho y diez.

Como todos los días, su madre ya se había ido a trabajar. Solía salir de casa a las seis de la mañana, más o menos.

Mientras lavaba los platos del desayuno, escuchó cerrarse la puerta del piso. Su padre acababa de salir también.

Su hermano seguía durmiendo en su dormitorio y tardaría al menos tres horas en levantarse. Roberto se pasaba las noches jugando con videojuegos o **chateando** en internet. **No se quedaba dormido hasta muy tarde** y **por eso** al día siguiente no se levantaba antes de las once.

Cuando terminó de **secar** los platos, fregar el suelo y ordenar la mesa Loli fue al salón. No encendió la tele, ni puso música. No quería que su hermano se despertase. Se sentó en el sofá y abrió un paquete de patatas fritas con sabor a queso. Quería volver a pensar bien su plan. Tenía tiempo. No quería precipitarse.

Su plan era entrar en la habitación del abuelo y buscar en el armario algún papel, algún objeto, alguna carta… Algo que le diera alguna **pista** sobre Penélope Dúrcal. Estaba segura de que encontraría algo.

Cuando terminó de comerse el paquete de patatas, se levantó del sofá y apagó la lámpara del salón y la de la cocina. **El piso se quedó en penumbra**. El día estaba **nublado** y por la ventana no entraba mucha luz.

Loli recorrió el pasillo a oscuras y se paró al llegar a la puerta de la habitación de su abuelo.

Se acercó y puso un oído en la puerta. No se oía nada. Loli imaginó a su abuelo sentado en el sillón, delante de la ventana, en silencio. Su madre le daba un yogur todas las mañanas y lo dejaba allí sentado antes de irse a trabajar.

Loli se limpió las manos en los pantalones. Las tenía llenas de aceite, del aceite de las patatas. Luego **intentó girar la manilla para abrir la puerta.**

Solo entonces se dio cuenta de que estaba cerrada con llave.

¡Su madre la había cerrado con llave!

¡No podía entrar!

Loli no había previsto algo así.

Era la primera vez que pasaba. Nunca nadie había cerrado con llave ninguna puerta del piso. Ni siquiera se podía cerrar la puerta del baño, que ya hacía bastantes años que **tenía el cerrojo roto** y nadie se había molestado nunca en arreglarlo. De repente Loli se dio cuenta de que sus padres no se fiaban de ella. Le habían pedido que no entrase sola en la habitación del abuelo, pero no se fiaban y habían decidido cerrar la puerta con llave.

Parada en medio del corredor en penumbra, sola, intentando entrar en la habitación del abuelo **como una ladrona, a escondidas,** cuando nadie la veía, **Loli tuvo que reconocer que sus padres tenían razón en no fiarse de ella.**

Parecía que sus padres sospechaban que ya no era la niña obediente y sumisa que hacía todo lo que le decían.

¿Y ahora? ¿Qué podía hacer ahora?

Loli empezó a ponerse nerviosa. Su plan se estaba complicando. Tenía que pensar algo.

Fue a su habitación a por otro paquete grande de patatas fritas. Luego fue a la cocina y sacó una botella de Coca-Cola de litro y medio. Después se sentó en el sofá del salón y se puso a comer patatas y a beber Coca-Cola directamente de la botella, **a morro.**

De repente se le ocurrió una idea. Era obvio. **¿Cómo no se le había ocurrido antes?**

105

Vocabulario 23

Chateando: chatting
No se quedaba dormido hasta muy tarde: (He) did not fall asleep till late
 por eso: for that reason
secar: dry
pista: clue
El piso se quedó en penumbra: the flat got darker (penumbra = semi-darkness)
Nublado: cloudy
Loli se limpió las manos en los pantalones: Loli cleaned her hands with her trousers
Las tenía llenas de aceite: (They) were greasy with oil
intentó girar la manilla para abrir la puerta: (She) tried to turn the door handle (to open the door)
¡Su madre la había cerrado con llave!: her mother had locked it!
Loli no había previsto algo así: Loli had not forecasted (anticipated) something like that
tenía el cerrojo roto: the bolt on the door was broken
como una ladrona, a escondidas: like a thief, in hiding
Loli tuvo que reconocer que sus padres tenían razón en no fiarse de ella: Loli had to accept her parents were right not to trust her
a morro: drinking straight from the bottle
¿Cómo no se le había ocurrido antes?: How come she didn't think of that before?

24. Buscando pistas

Loli entró en el dormitorio de sus padres. Había siempre pensado buscar **pistas** en la habitación de su abuelo, pero se había olvidado del **armario** que había en el cuarto donde dormían sus padres.

Era un armario lleno de ropa, pero también **había varios cajones llenos de objetos**.

Había algunas **joyas** de su madre, relojes viejos, postales que alguien les había enviado desde algún lugar con playa, documentos, pasaportes de la familia, **facturas**, cartas del banco, algunas **pesetas antiguas de España**…

Loli se limpió las manos de aceite en la camiseta, se sacó del bolsillo de atrás de los pantalones el móvil, un móvil viejo que su hermano ya no usaba, y tomó algunas fotos de los cajones. Después volvió a guardárselo en el bolsillo de atrás.

Luego cogió con cuidado el pasaporte de su abuelo.

Estaba caducado. Había caducado hacía varios años y nadie se había preocupado de renovárselo. Miró la foto de su abuelo en el pasaporte. Era mucho más joven y tenía **aspecto deportivo**. Le miró a los ojos **intentando descubrir lo que escondía aquella mirada** y pensó que de joven su abuelo debía de haber sido un hombre guapo, con bastante éxito con las mujeres.

Loli volvió a poner el pasaporte donde estaba. Quería dejarlo todo como lo había encontrado. No quería que sus padres descubriesen que había estado allí.

Estaba a punto de cerrar el cajón cuando vio un paquete de color marrón. **El corazón le dio un vuelco.** En cuanto lo vio supo de qué se trataba. No necesitaba abrirlo.

Cuando lo abrió, ya sabía lo que eran aquellos papeles. Eran cartas. Eran cartas que su abuelo había escrito muchos años antes.

No necesitaba leerlas para saber qué decían.

Abrió una de las cartas **al azar**. Estaba escrita a mano, en español. Loli reconoció enseguida la letra: era la misma letra infantil y **torpe** que había visto escrita en la parte de atrás de la vieja foto de la estación.

Loli se puso muy nerviosa. Se daba cuenta de que por primera vez estaba a punto de descubrir algo importante, algo que sus padres no querían que ella supiese, un secreto de familia.

Echó un vistazo a la carta que tenía entre las manos. **Quería saber a quién iba dirigida.**

En el fondo, antes de ponerse a leer ya sabía a quién iban dirigidas las cartas. En realidad no necesitaba ver su nombre, el nombre de aquella mujer joven, escrito de puño y letra por su abuelo. Ya lo sabía. Lo sabía incluso antes de entrar en la habitación de sus padres: aquellas cartas habían sido escritas para Penélope.

A pesar de todo, **las piernas empezaron a temblarle**, **se mareó un poco** y tuvo que sentarse en la cama de sus padres cuando leyó **el encabezamiento**:

Querida Penélope:

Luego echó un vistazo a la firma:

Tu amor,

Torcuato

Sintió como si el corazón quisiera salirse del pecho. Ahora todo empezaba a estar claro. Se confirmaba lo que ella había siempre sospechado. Loli no necesitaba entender bien español para saber qué eran aquellas cartas.

Eran cartas de amor. Eran cartas de amor de su abuelo. Eran cartas de amor de su abuelo a Penélope Dúrcal.

Vocabulario 24

Pistas: clues

Armario: wardrobe

había varios cajones llenos de objetos: there were several drawers full of objects

joyas: jewels

facturas: bills

pesetas antiguas de España: old Spanish pesetas (former Spanish currency)

Loli se limpió las manos de aceite en la camiseta: Loli wiped off her greasy hands on her t-shirt

se sacó del bolsillo de atrás de los pantalones el móvil: (She) took out her mobile from her trousers back pocket.

Estaba caducado: It had expired

aspecto deportivo: sporty look

intentando descubrir lo que escondía aquella Mirada: Trying to discover what that look was hiding

El corazón le dio un vuelco: Her heart skipped a beat

al azar: at random, by chance, randomly

torpe: clumsy

Echó un vistazo: (She) had a look

Quería saber a quién iba dirigida: (She) wanted to know who it was addressed

las piernas empezaron a temblarle: her legs started to shake

se mareó un poco: (She) got a bit dizzy

el encabezamiento: the header

Sintió como si el corazón quisiera salirse del pecho: (She) felt as if her heart wanted to come out of her chest

25 ¡Qué asco! *disgust*

De repente, **en el pasillo se escuchó un gran ruido que la sobresaltó**.

¡Eeeeercgk!

Era un ruido familiar. Se tranquilizó. Solo era un gran **eructo** de su hermano que acababa de levantarse y **avanzaba por el pasillo** hacia la cocina.

Loli, que todavía estaba sentada, se levantó de prisa, **se guardó** el paquete con las cartas en los pantalones, debajo de la camiseta, y **fingió** que estaba ocupada haciendo la cama de sus padres. *printed*

Roberto **asomó** la cabeza por la puerta y **anunció** su visita con otro gran eructo:

¡Eeeeercgk!

Ese era su modo habitual de dar los buenos días por las mañanas.

-Shirt and coffee! (¡camisa y café!) –gritó antes de meterse en el cuarto de baño.

Loli fue a la cocina y miró el reloj de la pared. Eran las once y veinte. **Se le había pasado el tiempo volando** y se había olvidado de su hermano. Todavía tenía que prepararle el desayuno **y plancharle la camisa**.

Poco después, sin dejar de mirar su móvil, Roberto llegó a la cocina y se sentó a desayunar en la misma silla donde su padre había estado sentado unas horas antes. Loli puso en la mesa café caliente, tostadas de mantequilla y zumo de naranja y se fue al **cuarto de la colada**, una habitación pequeña al lado de la cocina donde estaban la lavadora y la plancha.

Un rato después volvió a la cocina con **una camisa de cuadros recién planchada**. Su hermano ya había terminado de desayunar y la esperaba jugando con el móvil y fumando. A Paco y a Pepa no les gustaba que Roberto fumara y por eso él **aprovechaba** cuando sus padres no estaban en casa para encender algún cigarrillo.

-Are you going out? (¿Vas a salir?). –le preguntó Loli, que tenía muchas ganas de quedarse sola en el piso para ponerse a leer las cartas del abuelo a gusto, **a sus anchas**.

Roberto alzó la vista del móvil un instante y vio a su hermana delante de él, sosteniendo una camisa de cuadros en las manos. La miró de arriba abajo, como si fuera la primera vez que la veía. Luego abrió la boca para soltar un gran eructo:

¡Eeeeercgk!

-Hi, Elefatonta! How are you today? You are fatter and fatter, aren´t you, Elefatonta? (¡Hola, Elefatonta! ¿Cómo estás hoy? Cada día estás más gorda, ¿no, Elefatonta?). –dijo finalmente su hermano, divertido, **con una gran sonrisa de oreja a oreja**.

Luego se levantó de la silla, **le echó el humo del cigarro a su hermana en la cara** y salió de la cocina, de vuelta a su habitación.

Cuando se quedó sola Loli pensó que su padre y su hermano tenían razón. Estaba engordando demasiado.

Buscó en el armario de la cocina las hierbas para adelgazar que su madre le había comprado y **puso agua a calentar** para prepararse una infusión.

Su madre tenía razón, pensó Loli. Si estuviera delgada, la vida sería más fácil. La gente no se reiría de ella, quizás incluso le saldría novio… Se puso roja. **Le daba vergüenza** reconocer que ella nunca había estado con un chico. Todas las chicas de su edad salían con chicos, todas tenían novio, iban a bailar, se divertían y se lo pasaban bien… Ella se quedaba sola en casa todos los días. El fin de semana también. No salía. Se aburría. No tenía amigos. No le gustaba a nadie. La gente decía que era muy seria, que no sonreía.

"You have to smile more often, Loli. You are too serious! (Tienes que sonreír más a menudo, Loli. ¡Eres demasiado seria!), le solía decir su madre.

Y tal vez tenía razón. La vida sería quizás más fácil para ella si supiera sonreír y si fuera más delgada.

Se sentó a la mesa y empezó a beber un poco de aquella infusión para adelgazar. "¡Puaj!" pensó Loli, "**es asquerosa. Sabe muy mal. ¡Qué asco!**"

Para quitarse el mal sabor de boca de la infusión adelgazante, abrió un paquete de patatas fritas con sabor a beicon. **Por cada sorbo de infusión** se metía en la boca cuatro o cinco patatas fritas. "¡Así es mejor, mucho mejor!", pensó Loli.

Luego volvió a acordarse de las cartas del abuelo. Todavía las tenía metidas dentro de los pantalones, debajo de la camiseta. Las sacó y las puso sobre la mesa. Ahora no tenía tiempo de ponerse a leerlas. Todavía tenía que hacer las tareas de la casa, hacer la compra y preparar la comida, pero quería echarles un vistazo rápido. Ya las leería con más calma por la tarde, en su habitación.

Las contó. Había 43 cartas. Cada carta tenía dos o tres **hojas**. Estaban escritas a mano, en español, con bolígrafo azul. Todas empezaban con "Querida Penélope" y terminaban con "Tu amor, Torcuato". Intentó leer algún párrafo, alguna frase, pero solo entendía algunas **palabras sueltas. Saltaba de una frase a otra**, de una palabra a otra, buscando darle un sentido a lo que su abuelo había escrito, pero nada, no lograba entender casi nada.

Se lamentó de no saber español. Si lo hubiera aprendido de pequeña, en la escuela, ahora podría entender las cartas de amor del abuelo. Pero no se le daba bien. El español nunca se le dio demasiado bien, no valía para estudiar español. Ya se lo había dicho la Señorita Martina.

"¿Por qué seré tan estúpida, tan tonta?" Pensó Loli, metiéndose otro puñado de patatas fritas en la boca.

Luego se volvió a guardar las cartas en los pantalones, terminó de beber la infusión adelgazante **y se puso deprisa a pasar la fregona por el salón**. Ya era la una menos cuarto y ni siquiera sabía qué iba a preparar para comer.

Vocabulario 25

en el pasillo se escuchó un gran ruido que la sobresaltó: a loud noise in the corridor made her jump

un gran eructo: a loud burp

avanzaba por el pasillo: (He) was walking up the corridor

se guardó: (She) put away

fingió: (She) pretended

asomó: showed (Roberto's head)

anunció: (He) announced

Se le había pasado el tiempo volando: Time had flown

y plancharle la camisa: and to iron his shirt (for him)

cuarto de la colada: laundry room

una camisa de cuadros recién planchada: a recently ironed checked shirt

aprovechaba: (He) took advantage

a sus anchas: freely, at ease

con una gran sonrisa de oreja a oreja: with a big smile from ear to ear

le echó el humo del cigarro a su hermana en la cara: (He) blew his cigarette smoke in his sister's face

puso agua a calendar: (She) put the kettle on

Le daba vergüenza: (She) was embarrassed

"es asquerosa. Sabe muy mal. ¡Qué asco!": It's disgusting. It tastes horrible! How disgusting!

Por cada sorbo de infusion: for each sip from the infusion

Hojas: sheets

palabras sueltas: a few assorted words

Saltaba de una frase a otra: (She) jumped from one sentence to the next one

Se lamentó de no saber español: (She) regretted not being able to speak Spanish

y se puso deprisa a pasar la fregona por el salon: and she started to mop the hall quickly

26. ¡Estaba haciendo la cama!

Loli estaba **dispuesta a** pasarse el resto del fin de semana encerrada en su habitación, sin salir, intentando **descifrar** qué decían las cartas del abuelo.

Se puso a ello en cuanto terminó de lavar los platos de Roberto. Los sábados por la tarde no había mucho que hacer en la casa. Su padre y su madre estaban en el trabajo y solo tenía que preocuparse de preparar el almuerzo de su hermano.

En el suelo, al lado de la cama, puso todo lo que necesitaba para sobrevivir a la tarea: un cuaderno, un bolígrafo, tres paquetes grandes de patatas fritas, una botella de Coca-Cola de litro medio y un paquete de **chicles**.

Puso el paquete con las 43 cartas en la mesita de noche, abrió una bolsa de patatas fritas con sabor a curry y se echó vestida en la cama dispuesta a averiguar todo sobre su abuelo y Penélope Dúrcal.

Si se daba prisa, quizás podría terminar de traducirlas todas antes de que sus padres volvieran a casa.

Con la ayuda de un viejo diccionario de español que solía llevar a la escuela, se puso a traducir la primera carta, la más antigua. Tenía la fecha escrita en la parte de arriba, a la derecha: Barcelona, 24 de mayo de 1960.

Se sintió algo así como **una espía** o una detective. Todo era muy emocionante. **El corazón le iba a mil por hora.**

Se puso a traducir a las dos. A las cinco y media de la tarde, cuando fuera ya **empezaba a oscurecer**, todavía no había traducido ni siquiera la mitad de aquella primera carta. Progresaba muy lentamente. Tenía que mirar casi cada palabra en el diccionario. Además, era un diccionario muy pequeño, **de bolsillo**, y no encontraba muchas de las palabras que usaba su abuelo. Pronto se dio cuenta de que tardaría semanas, tal vez meses, en terminar de traducir todas aquellas cartas. 43 en total.

"Va a ser imposible", pensó Loli, **mientras daba una ojeada** al paquete con las cartas del abuelo. "A este paso no terminaré nunca", se dijo.

Mientras traducía, **iba metiéndose puñados de patatas fritas en la boca**. De vez en cuando bebía Coca-Cola **a morro**, directamente de la botella. Estaba nerviosa y cuando se ponía nerviosa le daba por comer patatas fritas.

Un rato después escuchó abrirse y cerrarse la puerta del piso. Luego oyó el ruido del ascensor. Era su hermano que salía.

"¡Irá **de marcha** con sus amigos!" pensó Loli, que nunca había entendido bien de donde sacaba su hermano el dinero para pagarse el tabaco, el móvil y salir de marcha todos los fines de semana.

Miró el reloj. Ya eran las seis y veinte. Tenía que darse prisa. Ya no faltaba mucho para que sus padres volvieran a casa.

Siguió traduciendo un rato más. Era un trabajo lento, cansado. Se le estaba haciendo muy largo. La traducción de aquella carta se le estaba haciendo **eterna**.

En cada frase, en cada línea, solo entendía dos o tres palabras. El resto las tenía que buscar en el diccionario. A veces no las encontraba y tenía que imaginarse qué significaba, pero no podía estar completamente segura; a veces una palabra tenía varios significados y **ella no sabía con cuál quedarse**; a veces creía entender todas las palabras de una frase, pero luego no comprendía qué quería decir su abuelo: **la frase no tenía sentido.**

Again,

De nuevo se acordó de la Señorita Martina y pensó que tenía razón, que ella no servía para estudiar español, no valía para aprender idiomas.

De todas formas, las ganas de conocer el pasado del abuelo **pesaban mucho** y, poco a poco, con mucho trabajo, Loli consiguió traducir al inglés en su cuaderno la primera carta.

Cuando hubo terminado se echó hacia atrás en la cama con el cuaderno entre las manos y la cabeza sobre la almohada. Miró el cuaderno con la traducción que había escrito. Estaba satisfecha. **Le había costado mucho esfuerzo**, pero **al menos** había terminado de traducir la primera carta. Ahora quería volver a leer todo de nuevo, despacio. Había algunas cosas que no tenían sentido, que no acababa de entender.

De repente se escuchó el ruido del ascensor. **Alguien estaba subiendo.** Seguramente su padre. Loli se sobresaltó. Miró el reloj: ¡las nueve menos veinte! Era tardísimo. Rápidamente saltó de la cama, salió de su habitación y fue corriendo al dormitorio de sus padres. Tenía que volver a poner las cartas del abuelo en el cajón del armario donde las había encontrado. Si sus padres se dieran cuenta de que las había cogido, la matarían. *dresser*

Llegó, abrió el armario y luego el cajón. Se sacó el móvil del bolsillo de atrás del pantalón y buscó la fotografía que había hecho por la mañana. Tenía que dejar todo exactamente cómo lo tenía su madre. Luego volvió a cerrar el cajón y el armario y se dirigió hacia la puerta.

Al abrir la puerta del dormitorio, se encontró en el pasillo **frente a frente** con su padre que la miraba sin decir nada. Pero Loli ya había pensado una buena excusa:

-I was making the bed. I had forgotten to make it this morning (Estaba haciendo la cama. Esta mañana me había olvidado de hacerla).

Paco la miró unos segundos en silencio. Ella tuvo miedo. Pensó que se había dado cuenta de que estaba mintiendo. Como un reflejo automático, instintivamente se llevó una mano a la cara como para protegerse de **una bofetada**. Pero esta vez su padre no le dio ninguna bofetada.

-Wash your face. Your lips are dirty with oil and chips. You look disgusting (límpiate la boca. Tienes los labios sucios de aceite y de patatas fritas. Da asco mirarte) –le dijo. Luego se dio media vuelta y continuó avanzando por el pasillo hacia el salón.
Loli se tranquilizó. Su padre no se había dado cuenta de nada.

Vocabulario 26

Loli estaba **dispuesta a:** Loli was ready to
Descifrar: figure out, work out
Se puso a ello: (She) started to do it
Chicles: chewing gum
una espía: a spy
El corazón le iba a mil por hora: Her heart was beating very fast
empezaba a oscurecer: it was getting dark
diccionario **de bolsillo:** pocket (dictionary)
mientras daba una ojeada: while she was looking at
iba metiéndose puñados de patatas fritas en la boca: She was putting handfuls of crisps into her mouth
(beber) **a morro:** to drink straight from the bottle
de marcha: (salir o ir de marcha = going out partying)
eternal: endless
ella no sabía con cuál quedarse: She didn't know which one to get
la **frase no tenía sentido:** the sentence didn't make any sense
pesaban mucho: (The urge to know her granddad´s past) was overwhelming, irresistible (literally: "very heavy")
Le había costado mucho esfuerzo: it had been hard
al menos: at least
Alguien estaba subiendo: Somebody was coming up
frente a frente: face to face
una bofetada: a slap

27. Antonia

Después de cenar, Loli volvió a su habitación. **Tenía muchas ganas de** volver a leer en detalle la traducción que había hecho aquella tarde de la primera carta de su abuelo a Penélope.

La leyó varias veces. Había muchas cosas que aún no entendía, y bastantes palabras y expresiones que no había logrado traducir.

Sin embargo, **a pesar de todo**, Loli creía haber hecho algunos descubrimientos importantes.

Para aclararse un poco las ideas y ordenar sus pensamientos, se puso a escribir en el cuaderno **lo que había averiguado hasta entonces**:

- Penélope en realidad no se llamaba Penélope, sino Antonia.

- Su apellido no era "Dúrcal", sino Gutiérrez, bueno, en realidad Gutiérrez García porque los españoles tienen dos apellidos.

- Dúrcal es un pueblo pequeño del sur de España, en la provincia de Granada.

- Antonia era de Dúrcal

- Antonia y Torcuato se conocieron cuando él estaba haciendo la mili en Granada.

- Cuando terminó el Servicio Militar su abuelo volvió a Barcelona, donde vivía con su familia.

- Antonia se quedó en Dúrcal.

- Antes de partir, Torcuato le prometió a Antonia que un día volvería a buscarla y le pidió que lo esperase.

Luego de leer sus notas Loli se levantó de la cama y abrió un paquete de patatas fritas con sal y vinagre, sus favoritas. Era una historia triste y **cuando Loli se ponía triste le daba por comer patatas fritas.**

Después volvió a echarse en la cama. Se sentía satisfecha. Había descubierto **un montón de cosas nuevas** sobre el abuelo y sobre Penélope (¡Antonia!) y pensó que **el esfuerzo había valido la pena.**

Era ya muy tarde, pero no quería dormir. No tenía sueño. **Tenía todavía muchas preguntas dándole vueltas en la cabeza:** ¿volvieron a verse Antonia y su abuelo? ¿Qué hizo Antonia? ¿Lo esperó? ¿Estaba ella tan enamorada de él, como él de ella? ¿Qué pasó? ¿Por qué su abuelo la llamaba Penélope y no Antonia? ¿Estaba su abuelo todavía enamorado de Antonia, de Penélope?

Loli estaba segura de que la respuesta a todas esas preguntas se encontraba en las otras 42 cartas que aún le quedaban por traducir.

Vocabulario 27

Tenía muchas ganas de: (She) felt very much like
a pesar de todo: in spite of
lo que había averiguado hasta entonces: what she had found out so far
cuando Loli se ponía triste le daba por comer patatas fritas: when Loli was sad (when she got sad), she felt like eating crisps
Después volvió a echarse en la cama: Then she lay down on her bed again
Un montón de cosas nuevas: a lot of new things
el esfuerzo había valido la pena: her effort had been worth it
Tenía todavía muchas preguntas dándole vueltas en la cabeza: She still had many questions in her head

28. Un diccionario

El domingo no tuvo mucho tiempo para traducir. Su madre le pidió que le ayudase a lavar y planchar la ropa de su hermano. **De todas formas**, Loli se dio cuenta de que su diccionario de la escuela era demasiado pequeño. No encontraba muchas de las palabras que usaba su abuelo en las cartas. Así no acabaría nunca de traducirlas. Le hacía falta un diccionario de español más grande.

El lunes por la mañana, en cuanto terminó de hacer las tareas de la casa, Loli salió de casa. No recordaba la última vez que había entrado en una librería. Quizás dos años, tal vez incluso más tiempo, pero sabía que había una librería muy grande en el centro.

Llegó en autobús, comiendo patatas fritas y bebiendo una lata de Coca-Cola. Fue directamente a la planta cuarta, donde estaba la sección de idiomas. Allí buscó entre las estanterías: alemán, italiano, francés… español.

Echó un vistazo. No se esperaba tantos libros para aprender español. Había cursos de todos los niveles, para estudiar en clase o para aprender solo; había libros para todas las edades, para niños y para adultos; había vídeos, juegos, lecturas graduadas, revistas, literatura y, claro, había diccionarios, muchos diccionarios.

Loli se acercó y cogió **al azar** uno de ellos. Empezó a hojearlo, pero **se dio cuenta de que lo estaba manchando de aceite.** Se miró las manos **pringosas** por las patatas fritas y se puso roja. **Menos mal** que nadie la había visto. Con cuidado, Loli volvió a dejar el diccionario en la estantería.

Después de limpiarse las manos en los pantalones, cogió otro diccionario de español y **se lo acercó a la nariz**. Le gustaba oler los libros nuevos. Loli recordó que de niña, en la escuela, también le gustaba sentir el tacto y el olor de los libros **recién comprados**.

Su padre solía quejarse del precio de los libros. Decía que los libros eran una pérdida de tiempo y de dinero; que nadie se había hecho nunca rico leyendo libros. Quizás por eso a ella, de niña, nunca le compraban libros, **aparte de** los que le pedían en la escuela: para que de mayor fuera rica.

A Loli le llamó la atención un diccionario con la cubierta de color naranja. Lo cogió de la estantería, lo abrió y al hojearlo se dio cuenta de que dentro había dibujos, ilustraciones, y que las palabras eran de color azul. Le gustó mucho. Era un diccionario muy bonito. Bonito y grande. Loli lo miró satisfecha. Lo compraría. Estaba segura de que en aquel diccionario tan grande y tan bonito podría encontrar todas las palabras que su abuelo había escrito a Penélope, bueno, a Antonia, hacía muchos años.

Y fue así que Loli se pasó las semanas siguientes encerrada en su cuarto, traduciendo las cartas de su abuelo, comiendo patatas fritas y bebiendo Coca-Cola.

Al principio no fue fácil. No entendía casi nada y tenía que mirar en el diccionario casi cada palabra. **Al poco tiempo**, sin embargo, la tarea de traducir las cartas se fue haciendo cada vez más fácil. Al fin y al cabo, su abuelo usaba siempre las mismas palabras, las mismas frases, que se repetían una y otra vez en cada carta:

mi amor, aquella mañana, te recuerdo, espérame, no me olvides, te echo de menos, sueño contigo cada noche, volveré, un día volveré...

at the end

Al cabo de dos semanas **ya era capaz de** traducir casi una carta al día, y, lo que para ella resultó aún más sorprendente, casi no tenía que buscar palabras en el diccionario. De vez en cuando, su abuelo usaba alguna palabra nueva que ella todavía no conocía, pero no demasiado a menudo.

"**A este ritmo** voy a terminar en un par de semanas", se dijo.

de mayor —

Vocabulario 28

De todas formas: anyway
al azar: at random
se dio cuenta de que lo estaba manchando de aceite: (She) realized she was staining it with oil
pringosas: greasy, sticky
Menos mal: luckily
Después de limpiarse las manos en los pantalones: after cleaning her hands with her trousers
se lo acercó a la nariz: (She) put it near her nose
recién comprados: recently bought
aparte de: apart from
Al poco tiempo: a short while later
ya era capaz de: (She) was able to
A este ritmo: at that pace

29. 43 cartas

Al final no fueron dos semanas como ella había pensado, sino dos meses. Había sido demasiado optimista.

De todas formas, **al cabo de dos meses** de duro trabajo, Loli consiguió, finalmente, traducir las 43 cartas. No había sido fácil, pero ahora estaba satisfecha.

Cuando terminó de traducir y leer todas las cartas, volvió a coger su cuaderno y escribió una lista con todo lo que había descubierto hasta entonces. Necesitaba aclararse un poco las ideas y ordenar sus pensamientos.

1. El apellido de la chica de la foto no era Dúrcal. Dúrcal es un pueblo muy pequeño del sur de España. La chica era de Dúrcal y la estación que se veía en la foto era, Loli estaba segura, la estación de trenes del pueblo.

2. La chica no se llamaba Penélope. En realidad se llamaba Antonia. Su nombre completo (lo había visto escrito en el sobre) era Antonia Gutiérrez García.

3. A Antonia, su abuelo la llamaba Penélope, pero Loli no entendía bien por qué.

4. Su abuelo y Antonia se conocieron cuando él estaba haciendo el Servicio Militar en Granada, una ciudad cerca de Dúrcal. Él debía de ser muy joven, pensaba Loli, tal vez tenía 18 o 19 años.

"El abuelo de joven era muy guapo" pensó Loli, recordando algunas de las fotos suyas vestido de soldado que había visto en el viejo álbum y que se conocía casi de memoria.

"**Un forastero** que llega de lejos, joven, alto, guapo, alegre, con uniforme, hablando con acento catalán… **Seguramente en Dúrcal no había pasado desapercibido**; seguramente había sido **un rompecorazones. No me extraña que Antonia se enamorase de él"**, pensó Loli.   *No wonder - Miss)*

5. Su abuelo y Antonia se hicieron novios al poco tiempo de conocerse, pero Loli no estaba segura exactamente de cuánto tiempo estuvieron saliendo juntos.

6. Al terminar el Servicio Militar, su abuelo regresó a Barcelona, la ciudad donde vivía con su familia. La vieja foto de la estación que su madre le había confiscado probablemente la había tomado su abuelo, un poco antes de subirse al tren para partir. Es por eso que Antonia, Penélope, parece tan guapa y tan triste en la foto: había ido a despedir al hombre del que estaba enamorada, al hombre que quizás no volvería a ver.

7. En las cartas, en todas las cartas, Torcuato le dice que la echa mucho de menos, que la quiere mucho, con todo su corazón y le pide que lo espere, que no lo olvide nunca, que un día volverá.

Aunque su abuelo usaba algunas expresiones y palabras que ella no acababa de entender bien, una cosa parecía clara: Torcuato estaba locamente enamorado de Antonia y pensaba volver a Dúrcal **en cuanto tuviese una oportunidad.**

Cuando terminó de leer sus notas, Loli seguía teniendo un montón de dudas y preguntas dándole vueltas en la cabeza:

¿Volvió su abuelo a Dúrcal alguna vez?

¿Volvieron a verse Penélope y Torcuato?

Y sobre todo: ¿por qué no mandó nunca las cartas a Penélope? Las había escrito, pero nunca las había mandado… ¿por qué?

"No tiene sentido", pensó Loli. "¿Alguien se pone a escribir 43 cartas de amor, las mete en un sobre, escribe la dirección, pone un sello y luego no las manda? ¿Las deja olvidadas en un armario?"

Loli quería saber más de aquella historia; quería saberlo todo. Necesitaba saber todo lo que había pasado entre su abuelo y Penélope. Ahora no podía parar.

Aquella historia de amor entre su abuelo y Antonia era como comer patatas fritas: después de abrir una bolsa de patatas fritas, ya no podía parar, ya no podía dejar de comer: tenía que comerse todas las patatas fritas hasta que no quedase ninguna en la bolsa.

Vocabulario 29

al cabo de dos meses: two months later
Un forastero: a foreigner
Seguramente en Dúrcal no había pasado desapercibido: Surely, he wouldn't have gone unnoticed in Dúrcal
un rompecorazones: heartbreaker
No me extraña que Antonia se enamorase de él: it doesn't surprise me that Antonia fell in love with him
en cuanto tuviese una oportunidad: as soon as he had an opportunity

a veriguar

30. Si yo hubiera, si yo hubiese…

Loli sabía que sus padres nunca le dirían nada sobre la historia del abuelo y Penélope. Seguramente sabían qué había pasado, pero no se lo dirían jamás. Era un secreto de familia.

Si quería averiguar qué había pasado, solo había una persona que la podía ayudar realmente: Penélope o, bueno, mejor dicho, Antonia.

¿Estaría aún viva? ¿Seguiría viviendo en Dúrcal? ¿Se acordaría todavía de Torcuato, su primer novio, aquel chico alto que hablaba con acento catalán y que le había pedido que lo esperase?

De repente, un día, mientras escuchaba la radio y comía patatas fritas sola en su habitación, tuvo una idea genial: "tengo que ir a Dúrcal, tengo que ir a España. Tengo que hablar con Penélope, sí, eso es, tengo que hablar con ella, ver si todavía recuerda al abuelo. Tengo que saber por qué ella y el abuelo nunca se casaron. ¡Tengo que saber qué pasó!".

¡Eso es! ¿Cómo no se le había ocurrido antes? Iría a España, buscaría a Penélope y averiguaría qué había pasado.

Por un momento se puso muy contenta, pero **enseguida cayó en la cuenta** de que no sabía hablar español.

"Soy una idiota", pensó, "¿Cómo voy a hablar con Antonia si no entiendo una palabra de español? Incluso si Penélope estuviera todavía viva; **incluso si quisiera hablar conmigo**, con **una desconocida**, de su historia de amor con el abuelo, ¿cómo podríamos entendernos? Yo no hablo español y ella, seguramente, no hablará una palabra de inglés."

Durante varios días estuvo **dándole vueltas a la cabeza**, intentando resolver este problema: ¿cómo podía entenderse con Antonia? ¿Qué podía hacer para hablar con ella?

Loli sabía que solo había una solución. **Era de cajón:** si quería entenderse con Antonia tendría que aprender español.

La idea de ponerse a estudiar español le daba miedo.

Sabía que no se le daba bien. Sabía que **nunca había sacado buenas notas** en el colegio. Sabía que la Señorita Martina le había dicho que ella **no valía para estudiar idiomas**. Sabía que no era muy inteligente. Sabia que no servía para estudiar.

A Loli le daba envidia la gente que hablaba dos idiomas. Su madre, por ejemplo, cambiaba de español a inglés y de inglés a español con facilidad.

"Vale, de acuerdo, el inglés de mi madre no es muy bueno, pero **al menos** puede sobrevivir en el día a día: puede ir de tiendas, pedir una pizza por teléfono, llamar al fontanero, hablar con el médico cuando se ponía enferma…"

En aquellos momentos, **Loli habría dado cualquier cosa por tener un nivel básico de español**.

"Si hablara un poquito de español, ahora podría ir a España, conocer a Antonia y averiguar qué pasó entre ella y el abuelo", se decía.

Recordaba que, cuando ella era pequeña, su abuelito le hablaba en español. Ella aprendió algunas palabras, pero en cuanto empezó a ir a la escuela se dio cuenta de que todos los niños hablaban inglés y ella quería ser como todos los niños: quería ser una niña normal, una niña como las otras; no quería ser una niña rara. Y por eso dejó de hablar en español con el abuelo.

Ahora se arrepentía. Se arrepentía de no haber continuado hablando español con él.

"Si hubiera hablado en español con el abuelito, ahora hablaría español muy bien. Sería bilingüe," se decía.

Además, **Loli se sentía culpable**. Como ella había dejado de hablar con su abuelo en español y él no hablaba inglés, el viejo se volvió cada vez más callado, más solitario, más taciturno y se fue encerrando en sus propios pensamientos, en sus recuerdos, en su propio mundo. Al cabo de unos años, el abuelo pasaba la mayor parte del tiempo solo, sin hablar con nadie, cada vez más triste, cada vez más viejo.

Ahora, cada vez que atravesaba el pasillo y pasaba por delante de la puerta de la habitación del abuelo, Loli se sentía culpable. **Si el abuelo no estaba bien de la cabeza, era por su culpa.** Había sido una niña estúpida, una niña egoísta.

Tenía ganas de verlo, de abrazarlo, de **pedirle perdón**, pero la puerta de la habitación estaba ahora siempre cerrada.

A menudo, cuando pasaba por delante de la habitación del abuelo, **intentaba girar la manilla y abrir la puerta**, pero siempre la encontraba cerrada. Sus padres nunca se olvidaban de cerrarla bien con llave.

A veces pegaba el oído a la puerta e intentaba escuchar algo, algún ruido, aunque solo fuese un suspiro. Nada. Nunca se oía nada. Se imaginaba a su abuelito sentado en el sillón, mirando en silencio por la ventana, con la mirada perdida en sus recuerdos. Siempre solo.

A Loli le daba mucha pena su abuelo. Se sentía culpable. ¿Pero qué podía hacer ella por él? ¿Cómo podía ayudarle?

Solo había una cosa que Loli podía hacer ahora por su abuelo: aprender español. Aprender español, viajar a España, encontrar a Antonia y decirle que Torcuato nunca la olvidó, que estuvo siempre enamorado de ella; le diría que él le había escrito muchas cartas de amor que nunca le llegaron, pero que él le escribió. Le leería las cartas.

Le leería las cartas que había escrito su abuelo a Antonia, en español, para que ella supiera, para que ella supiese toda la verdad: para que ella supiera que su abuelo siempre la quiso, que nunca la había olvidado.

A Loli, la idea de ponerse a estudiar español le daba miedo. Sabía que no se le daba bien. Sabía que nunca había sacado buenas notas en el colegio. Sabía que la Señorita Martina le había dicho que ella no valía para estudiar idiomas. Sabía que no era muy inteligente. Sabia que no servía para estudiar.

Pero de todas formas decidió que tenía que hacerlo, que valía la pena, que se lo debía a su abuelo y a Penélope.

Loli tomó una decisión: se pondría a estudiar español. **A pesar de todo**, se pondría a estudiar español. Lo tenía que hacer por su abuelo.

Vocabulario 30

enseguida cayó en la cuenta: (She) realized straight away
incluso si quisiera hablar conmigo: Even if he wanted to talk to me
una desconocida: a stranger
dándole vueltas a la cabeza: thinking about it
Era de cajón: it was obvious
nunca había sacado buenas notas: (She) had never got good marks
no valía para estudiar idiomas: She wasn't good at languages
A Loli le daba envidia la gente que hablaba dos idiomas: Loli envied people who could speak two languages.
al menos: at least
Loli habría dado cualquier cosa por tener un nivel básico de español: Loli would have given anything for a basic level of Spanish
Ahora se arrepentía: now, she regretted
Loli se sentía culpable: (She) felt guilty
Si el abuelo no estaba bien de la cabeza, era por su culpa: if her granddad wasn't well in the head, it was her fault
pedirle perdón: to say sorry
intentaba girar la manilla y abrir la puerta: (She) tried to turn the door handle and open the door
A veces pegaba el oído a la puerta: Sometimes she put her ear on the door (she "glued" her ear on the door)
A Loli le daba mucha pena su abuelo: Loli felt sorry for her granddad
Pero de todas formas: but, anyway
A pesar de todo: in spite of everything, despite everything, nevertheless

31. Más idiota de lo que pensaba

Roberto se levantó de la silla **dando un grito**: ¡aaaaaarrggghhhh!
Estaba tan absorto matando **marcianos** en su videojuego favorito que, sin darse cuenta, **se había echado el café del desayuno encima**, al llevarse la taza a la boca.
Loli, desde su cuarto, lo escuchó dar gritos y decir **palabrotas**.

¡aaaaaarrggghhhh!
FXXXX! FXXXX! FXXXX!

Su hermano solía decir palabrotas a menudo. Decía palabrotas cuando estaba contento y cuando estaba enfadado, cuando estaba triste y cuando estaba alegre. De cada tres palabras que decía, una era a menudo una palabrota.
Loli dejó sus libros de español en el suelo, se levantó de la cama y fue corriendo a la cocina para ver qué le había pasado.
Lo encontró de pie, delante de la mesa. **Se había quemado la piel del brazo derecho y se había manchado la camisa.**
-Shirt! Give me a Fxxx shirt! (¡una camisa! ¡dame una puta camisa!)–dijo Roberto cuando la vio llegar.
Loli dio media vuelta y fue al cuarto de la colada. No había ninguna camisa limpia. Tuvo que volver a la cocina donde estaba su hermano, que se había vuelto a sentar y ya estaba jugando otra vez con su móvil.
-Take off your shirt; I will try to wash out the stains. (Quítate la camisa; voy a intentar lavar las manchas) –le dijo.
Roberto no la oyó. Siguió jugando. Estaba en medio de una partida muy importante y no podía dejar de jugar.
-Take off your shirt! (¡quítate la camisa!) –volvió a decir Loli, alzando la voz.
Roberto puso el móvil en la mesa de la cocina violentamente:

¡PLOCK!

Luego **se puso en pie de golpe** y la silla donde estaba sentado cayó al suelo.

¡PLAMP!

Estaba harto. Aquella mañana **todo le salía mal**. Quería que su hermana lo dejase en paz. Quería quedarse solo para seguir jugando con su móvil.

A regañadientes y de mal humor, Roberto se quitó la camisa y la lanzó al suelo de la cocina. Luego cogió el móvil y salió, desnudo de cintura para arriba, en dirección a su dormitorio.

Loli **recogió** la camisa del suelo deprisa, se la llevó al cuarto de la colada y lavó las manchas de café. Ella también quería quedarse sola. Quería volver a su habitación cuanto antes para seguir estudiando español. Estaba estudiando los verbos irregulares del presente cuando su hermano la había interrumpido con sus gritos y sus palabrotas.

Después de lavar la camisa, **la planchó** para secarla bien y **quitarle las arrugas**. En diez minutos estaba lista.

De camino a su cuarto, con la camisa en las manos, no se olvidó de girar la manilla de la puerta de la habitación del abuelo. Como siempre desde hacía varios meses, **estaba cerrada con llave**. Se sintió muy triste. No estaba completamente segura de por qué su madre cerraba la puerta de la habitación de su abuelo con llave, pero se lo imaginaba:

"El abuelo estará muy enfermo y seguramente no querrá que yo lo vea. Pensará que si lo veo sufriré mucho, me echaré a llorar y me pondré muy triste. Seguramente pensará que no soy capaz de soportarlo. Lo hará para protegerme."

Pensar en el abuelo allí encerrado, solo y triste, sin hablar con nadie, la entristecía, pero **se consolaba** pensando que un día sería capaz de hablar en español y que iría a España a hablar con Antonia, con su Penélope. Si lo conseguía, **el sufrimiento de su abuelo no habría sido en vano.**

Un fuerte ruido la sacó de sus pensamientos.

¡Eeeeercgk!

Era un eructo. Venía de su dormitorio. A Loli **el corazón le dio un salto**. Cuando llegó a su habitación se encontró la puerta abierta y a su hermano sentado en la cama, hojeando sus libros de español y mirando las cartas del abuelo.

-You are a snake in the grass, aren't you? (tú eres una mosquita muerta, ¿no?) –le dijo Roberto apenas la vio entrar.

A Loli le dio mucha vergüenza y se puso roja. También le dio miedo y empezó a sudar. La última cosa que quería era que su hermano supiera que se había puesto a estudiar español y que descubriese las cartas de amor del abuelo.

Sus padres la matarían si supieran que había cogido las cartas de su armario **sin su permiso,** que las había traducido y que conocía la historia de Penélope.

Al verla tan avergonzada, Roberto se echó a reír.

-Now you want to learn Spanish? Hahaha! You are more idiot than I thought! (¿Ahora quieres aprender español? ¡ja,ja,ja! ¡eres más idiota de lo que pensaba!).

Vocabulario 31

dando un grito: (He) shouted, he screamed

marcianos: aliens

se había echado el café del desayuno encima: (He) had spilt the coffee on himself

palabrotas: swearwords

Se había quemado la piel del brazo derecho y se había manchado la camisa: (He) had burned the skin on his right arm and had stained her shirt

se puso en pie de golpe: (He) stood up suddenly, all at once

todo le salía mal: everything was going wrong

recogió: (She) picked up

la planchó: (She) ironed it

quitarle las arrugas: to iron out the creases

De camino a su cuarto: on her way to her room

estaba cerrada con llave: it was locked

se consolaba: (She) comforted herself

el sufrimiento de su abuelo no habría sido en vano: the suffering of her granddad wouldn't have been in vain

el corazón le dio un salto: her heart skipped a beat

sin su permiso: without their permission

32. El hazmerreír de la escuela

A Loli le daba vergüenza que su hermano supiera que estaba estudiando español. No quería que nadie lo supiera. Ni él, ni nadie.

Ya se imaginaba lo que diría la gente: La niña tonta y grandullona que siempre sacaba malas notas en la escuela; **la borrica** a la que no se le daba bien ninguna asignatura; la niña más **petarda** del colegio, ahora, con 19 años, le daba por estudiar español sola, en casa y sin profesor. Era ridículo.

Loli se sentía ridícula. **Se moriría de vergüenza** si sus antiguos compañeros de clase **se enterasen** de que se había puesto a estudiar español. Ella, que nunca hacía **los deberes**; ella, que jamás entendió la diferencia entre ir y venir, entre llevar y traer, entre estar sentado y estar sentándose…

A Ella, a la Elefatonta, la que había sido siempre **el hazmerreír** de la clase, ahora, con 19 años, **le daba por estudiar español sola**, en casa y sin profesor. Era ridículo.

Como se sentía ridícula, Loli **estudiaba a escondidas,** sola en su habitación, donde nadie podía verla.

Poco a poco, estudiar español se convirtió en un hábito. Estudiaba cada día, al menos, una o dos horas.

Mientras sus padres estaban fuera trabajando y su hermano jugaba con su móvil o con su ordenador, ella se metía en su cuarto, abría un paquete grande de patatas fritas, una botella de Coca-Cola de dos litros y se echaba en la cama a estudiar con los mismos libros que de niña llevaba a la clase de español.

"Si me viera ahora la Señorita Martina, seguro que se sentiría orgullosa de mí" –pensaba Loli, mientras repasaba la conjugación de los verbos y trataba de entender la diferencia entre el Indefinido y el Imperfecto.

Empezó a aprender español por su abuelo, como un sacrificio, como un deber, porque se sentía culpable, pero poco a poco se dio cuenta de que en realidad estudiar español no era tan aburrido como ella recordaba.

Al principio tenía miedo de que se le pasara la motivación, de que se le acabasen las ganas de aprender español, pero la verdad es que cada día le gustaba más.

Le gustaba hacer ejercicios de gramática y aprender palabras nuevas. Las reglas gramaticales le parecían muy interesantes y se ponía muy contenta cuando entendía las razones por las que había que usar una preposición, un artículo o un tiempo verbal y no otro. Había muchas cosas que todavía no entendía, como el subjuntivo o la diferencia entre ser y estar, pero pensaba "algún días las entenderé", **y ya no se preocupaba más**.

También leía en español. Al principio leía solamente los textos cortos y algunos cómics que había en sus viejos libros de la escuela, **aunque** la verdad es que eran un poco aburridos y a Loli no le interesaban demasiado.

Luego pensó que sería una buena idea leer libros para niños españoles: "Seguramente el lenguaje será sencillo y las historias fáciles de seguir", pensó Loli. En internet encontró gratis algunos libros infantiles y juveniles en español, pero después de darles un vistazo rápido enseguida se dio cuenta de que ella ya no era una niña y que aquellas historias le parecían demasiado simples. Se aburría leyéndolas. Tenía que encontrar lecturas más interesantes porque su problema era que si un libro, un cuento, un artículo o cualquier texto no le interesaba, entonces dejaba de leerlo. No era capaz de terminarlo.

Un día, cuando ya había terminado de lavar los platos, lavar la ropa, planchar y barrer un poco el suelo, Loli puso dos latas de Coca-Cola y cuatro bolsas de patatas fritas en la mochila y volvió a la librería donde unos meses antes había comprado el diccionario de español.

Cuando se bajó del autobús solo le quedaban dos bolsas de patatas y una Coca-Cola. Esos días estaba muy excitada, muy agitada, muy nerviosa, muy impaciente. Empezaba a darse cuenta, por primera vez, de que estaba progresando en español, de que estaba, poco a poco, aprendiendo español. Cuando se excitaba por algo se ponía contenta, pero le daba por comer patatas fritas y por beber Coca-Cola.

Nada más llegar a la tienda, fue a la cuarta planta y pidió consejo a la dependienta, una chica morena que hablaba inglés con un acento extranjero que a Loli le resultaba familiar. "Será extranjera. Quizás sea española", se dijo.

La dependienta **la acompañó hasta la sección de español** y **le enseñó** algunos libros.

-Look, these books are Easy Readers. They are short stories adapted for students of Spanish. They are graded in different levels of difficulty. (Mira, estos libros son Lecturas Graduadas. Son historias cortas adaptadas para estudiantes de español. Están graduadas en diferentes niveles de dificultad). –le dijo la dependienta.

Loli dejó en el suelo la lata de Coca-Cola y la bolsa de patatas fritas que todavía llevaba en las manos, cogió uno de los libros y empezó a hojearlo. No parecía demasiado difícil. Podía entender algunas de las frases.

-Is it interesting? (¿Es interesante?). –le preguntó Loli a la dependienta.

-I don´t know. I haven´t read it. You have to find out for yourself (No lo sé. Yo no lo he leído. Tienes que averiguarlo tú misma). –respondió la chica de la tienda sonriendo, antes de volver deprisa a la caja para atender a otros clientes que acababan de llegar.

Ya sola, Loli se sentó en el suelo delante de la estantería llena de libros en español y echó un vistazo a otras Lecturas Graduadas. Como le había dicho la dependienta, estaban graduadas en niveles de dificultad. ¿Qué nivel tenía ella? ¿Cuál era su nivel de español? No lo sabía. ¿Cómo podía saberlo?

Loli se puso cómoda. Abrió la segunda lata de Coca-Cola y la última bolsa de patatas fritas que le quedaba y se puso a hojear los libros que la chica de la tienda le había aconsejado. Algunas historias parecían interesantes, otras no. Algunas las entendía, otras no. Algunas le parecían muy fáciles, otras demasiado difíciles. **Agarraba** un libro, lo abría al azar y daba un vistazo a alguna frase, a alguna expresión, a algún párrafo. Luego lo dejaba en el suelo: a la derecha los que eran demasiado difíciles, a la izquierda los que eran demasiado fáciles o aburridos. Así, casi sin darse cuenta, pasó más de una hora sentada en el suelo, rodeada de libros y comiendo patatas fritas.

Acababa de decidir qué historia iba a comprar cuando, de repente, se encontró con **dos botas** negras delante de ella. Alzó la vista y vio a **un tipo** en uniforme que la miraba muy serio. Era el Vigilante de Seguridad de la librería y parecía enfadado.

-Didn´t you see the notice? (¿No has visto **el cartel**?) –dijo el tipo en uniforme, señalando hacia **un letrero** que había en la pared que decía: NO FOOD AND DRINK IN THE BOOKSHOP (No se puede comer ni beber en la librería).

Loli leyó el cartel y se puso roja como un tomate. Se levantó y al levantarse se dio cuenta de que el suelo estaba sucio, lleno de patatas fritas y manchas de Coca-Cola. Loli se puso aún más roja.

-I am sorry, I didn´t realize… (perdone, no me había dado cuenta). –dijo en voz baja. Estaba muy avergonzada. Pensaba que todos en la librería la estaban mirando.

El Vigilante de Seguridad no dijo nada. Estaba allí, de pie, delante de ella, muy serio, sin dejar de mirarla, esperando que se levantara y se fuese.

Loli cogió su mochila y fue deprisa hasta la caja para pagar el libro que había decidido comprar. Se quería morir. **No se atrevía a mirar a nadie a la cara**. No volvería más a aquella librería. Seguramente todos pensaban que era una chica tonta, sucia y **maleducada** que no servía para nada. No volvería jamás.

Pagó el libro, lo metió en la mochila y **cuando se estaba dando la vuelta para salir**, escuchó la voz de la dependienta:

-¡Espero que te guste el libro!

A Loli **le dio un vuelco el corazón**.

-Sorry? (¿perdón?). –dijo Loli, que no estaba segura de haber entendido bien.

-Espero que te guste el libro. –volvió a decir la chica de la tienda, sonriendo.

A Loli **le empezó a latir el corazón muy deprisa**. Se le abrieron los ojos y **el esbozo de una tímida sonrisa apareció en su cara**. La dependienta le había hablado en español. ¡Había usado el subjuntivo y ella la había entendido! ¡La había entendido!

Cuando salía de la librería se sentía como en una nube. El Vigilante de Seguridad seguía mirándola muy serio, pero a ella ya no le importaba.

De repente, todo había valido la pena.

Vocabulario 32

la borrica: thick, dumb
petarda: hideous, lame
Se moriría de vergüenza: (she) would die of shame
se enterasen: (if they) would find out
los deberes: homework
el hazmerreír: laughingstock
le daba por estudiar español sola: had started to study Spanish on her own
estudiaba a escondidas: (She) studied in hiding
y ya no se preocupaba más: and (she) wouldn't worry about it anymore
aunque: even
Nada más llegar a la tienda: just arriving at the shop
la acompañó hasta la sección de español y **le enseñó** algunos libros: (She) walked her up to the Spanish section and showed her a few books
Loli se puso cómoda: Loli made herself comfortable
Agarraba (She) would grab
dos botas: two boots
un tipo: a bloke, a dude
el cartel: the notice
un letrero: a notice
No se atrevía a mirar a nadie a la cara: (She) didn't dare to look anybody in the face
Maleducada: rude
y **cuando se estaba dando la vuelta para salir:** and when she was turning away
le dio un vuelco el corazón: her heart skipped a beat
le empezó a latir el corazón muy deprisa: her heart started to beat very fast
el esbozo de una tímida sonrisa apareció en su cara: the hint of a timid smile showed on her face

33. Mi jefe me mataría

would kill

A la semana siguiente volvió a la librería. Antes de entrar, sin embargo, **guardó** las patatas fritas y la Coca-Cola en la mochila. No quería que el Vigilante de Seguridad le volviese a **llamar la atención**.

However

La dependienta que trabajaba en la Sección de Idiomas la reconoció.

-Did you like it? (¿te gustó?) –le dijo en cuanto la vio llegar.

as soon

-It´s ok (no está mal) –contestó Loli, un poco nerviosa. No se esperaba que la chica de la tienda se acordase de ella. Era una librería muy grande y por allí pasaba mucha gente todos los días.

-Look, I think I know a really good story that you may like (Mira, creo que conozco una buena historia que quizás te guste).

La dependienta llevó a Loli de nuevo a la estantería donde estaban todos los libros de español y **le alcanzó uno**.

"Año Nuevo, Vida Nueva, de Juan Fernández", dijo Loli, leyendo en voz alta la cubierta del libro.

-Is it good? (¿Está bien?). –le preguntó a la dependienta.

-I think so (creo que sí).

-It looks interesting, but, I am afraid I didn´t bring enough money today (parece interesante, pero me temo que no traje suficiente dinero hoy).

La dependienta se quedó mirándola en silencio. **Buscó con la vista** al Vigilante de Seguridad. Estaba lejos. Luego se acercó a Loli y, en voz baja para que nadie pudiera oírla, le dijo al oído: "You can read it here. Nobody will realize… (lo puedes leer aquí. Nadie se va a dar cuenta…)"

Loli abrió mucho los ojos ¿Podía ir a la librería y leer allí el libro como si fuera una biblioteca? ¡Eso sería fantástico! ¡Qué suerte!

146

-With only one condition (con solo una condición). –dijo la chica de la tienda.

-What condition? (¿qué condición?).

-Que no comas patatas fritas aquí. ¡**Mi jefe me mataría**!

Loli se puso roja como un tomate.

Al verla tan avergonzada, la chica de la tienda se echó a reír.

-Me llamo Carmen, ¿Y tú, cómo te llamas?

-Yo me llamo Loli

-¡Encantada, Loli! ¡Mucho gusto! –dijo Carmen, la chica de la tienda, **dándole dos besos en la cara.**

Loli se puso muy nerviosa. No sabía qué hacer. No sabía qué decir. Pero **en el fondo** estaba contenta: **aquella chica española de la librería la trataba como si fuese una persona normal.**

Vocabulario 33

Guardó: (She) put away
llamar la atención: to tell off, to reprimand
le alcanzó uno: (She) passed one over to her, reached one for her
Buscó con la vista: (She) looked and checked
Mi jefe me mataría: my boss would kill me
dándole dos besos en la cara: kissing her twice on her face cheeks
en el fondo: in essence, basically
aquella chica española de la librería la trataba como si fuese una persona normal: that Spanish girl at the bookshop was treating her as if she were a normal person

34. Con el culo en la pared

Durante las siguientes semanas, Loli iba casi todos los días a la librería. Se sentaba en el suelo, en **un rincón** tranquilo por donde no pasaba mucha gente, lejos del Vigilante de Seguridad, y se ponía a leer Lecturas Graduadas en español. Normalmente se quedaba solo una hora. **Si por ella fuera se quedaría más tiempo**, pero no quería abusar de la generosidad de Carmen. **Al fin y al cabo**, era una librería, no una biblioteca. A las bibliotecas se va a leer, pero a las librerías se va a dar un vistazo a los libros que hay en las estanterías, a hojearlos y, evidentemente, a comprar alguno.

Normalmente iba por la tarde, después de comer. En cuanto su hermano volvía a su cuarto para seguir jugando con su móvil, ella **quitaba la mesa**, lavaba los platos y barría el suelo deprisa. Luego, sin perder tiempo, se duchaba y se cambiaba de ropa.

Se cambiaba de ropa delante del espejo del baño, pero normalmente no se miraba. No le gustaba verse. Ya sabía que era fea y que estaba demasiado gorda. No necesitaba que el espejo se lo dijera: Ya lo sabía.

De niña, cuando iba a la escuela, los chicos de su clase solían decírselo:

¡Gorda!

¡Das asco!

¡Qué fea eres!

Ahora, de mayor, su hermano, su padre y su madre también se lo seguían diciendo:

¡cada vez estás más gorda!

Y tenían razón. Loli sabía que tenían razón. Estaba demasiado gorda. Por eso no le gustaban los espejos. Odiaba verse en el espejo. Hasta que…

Hasta que un día **se manchó los pantalones**.

Su hermano ya había terminado de comer y ella se había quedado sola en la cocina. Aquel día había hecho macarrones, macarrones con tomate frito. Una comida nada especial, pero fácil y rápida de hacer. Era un poco tarde. Ya eran casi las tres. **Tenía que darse prisa.** No quería llegar tarde a la librería. Carmen terminaba de trabajar a las cinco y no podía quedarse a leer libros si Carmen no estaba trabajando. Tenía que llegar a la librería **a eso de las cuatro, lo más tardar**.

Tenía tanta prisa que **ni siquiera** se sentó para comer. Cogió el plato de macarrones, **un tenedor** y se puso a comer enfrente de la tele, en el salón. Cuando terminó de comer, volvió a la cocina y puso el plato y el tenedor en **el fregadero**.

"Ya lo lavaré cuando vuelva", pensó.

Fue entonces cuando se dio cuenta de que se había manchado los pantalones con la salsa de tomate.

"¡Lo que faltaba! ¡mierda!"

Deprisa, para no perder más tiempo, se quitó los pantalones allí mismo, en la cocina, y fue al cuarto de la colada a buscar un par de pantalones limpios.

Los encontró, pero cuando fue a ponérselos se dio cuenta de que **no le entraban**. ¡Le estaban estrechos! Eran unos pantalones que se había comprado el mes anterior, en las rebajas. ¡Estaban nuevos! Cuando se los compró, hacía solo unas cuantas semanas, **le estaban bien** y ahora… ahora no se los podía poner, estaban estrechos.

"¡No puede ser! ¡Es imposible! ¡Me los acabo de comprar!"
Loli aguantó la respiración e **intentó meter el estómago hacia adentro**…

¡mpfmmmpppff!

Estaba sudando. Sintió **una gota de sudor cayéndole por la cara**.

¡mpfmmmpppff!

Con mucho esfuerzo **consiguió meterse dentro de los pantalones**, pero luego **no se los podía abrochar**. Volvió a aguantar la respiración. Volvió a meter el estómago hacia adentro…

¡mpfmmmpppff!

Consiguió cerrar (casi) **la cremallera** de los pantalones. Ahora llegaba lo peor: **abrocharse el botón**. Volvió a meter el estómago hacia dentro. Volvió a contener la respiración.

¡mpfmmmpppff!

Su cara estaba roja. Sudaba. Sentía el pelo mojado por el sudor. Pero no había manera. Había conseguido cerrar (casi) la cremallera, pero no el botón. Hizo un último esfuerzo.

¡mpfmmmpppff!

¡Por fin! Tardó casi diez minutos, pero finalmente consiguió abrocharse el maldito botón. Estaba sudando. Estaba roja. Le faltaba el aliento. Respiraba como si hubiera corrido un maratón de 50 kilómetros y le dolían los brazos como si hubiera intentado **estrangular a un gato**.

Intentó caminar, dar unos pasos. Sintió los pantalones **muy ajustados**, **pegados a las piernas**. Se sentía embutida como una salchicha o como un chorizo.

Como tenía prisa, intentó correr un poco, acelerar el paso, pero no pudo. Los pantalones estaban tan estrechos que no podía caminar. Solo podía dar pasitos muy cortos.

Miro el reloj. ¡Ya eran casi las tres! No tenía tiempo que perder. Fue a su cuarto, puso unas cuantas bolsas de patatas fritas en la mochila y salió de la casa dando pasitos muy cortos. Se sentía explotar.

Cuando llegó a la librería, cogió un libro y fue al rincón donde solía ponerse a leer, lejos de la gente y, especialmente, lejos del Vigilante de Seguridad, que parecía mirar a todos los clientes que entraban y salían de forma sospechosa, como si todos fueran **ladrones en potencia.**

A Loli aquel tipo le daba un poco de miedo. Sabía que ella no le caía bien desde aquel día que había dejado el suelo lleno de patatas fritas y con manchas de Coca-Cola. **Cuanto menos la viera, mejor.**

Al sentarse en el suelo, escuchó un ruido.

¡Raaaaaaaaaaaaack!

El ruido venía de sus piernas. De sus **muslos**.
Loli supo enseguida de qué se trataba.
¡Se le habían roto los pantalones!
Al sentarse en el suelo se le habían roto los pantalones.
Se puso de pie y se miró entre las piernas. Tenía **una raja** enorme en la parte de atrás de los pantalones y **se le veían las bragas y el culo.** Tuvo miedo, pánico.
Muy deprisa, **dio un salto hacia atrás y pegó el culo a la pared**. Allí se quedó, inmóvil, sin moverse, con los ojos muy abiertos y roja como un tomate.
Miró a su alrededor. No había nadie cerca. De momento nadie se había dado cuenta, pero… ¿qué iba a hacer ahora? ¿Cómo iba a salir de la tienda? ¿Cómo iba a volver a casa ahora, con los pantalones rotos y el culo al aire?

152

Miró hacia la caja. Carmen estaba ocupada atendiendo a una señora mayor que estaba comprando un método para aprender español en tres meses. "¡Ojalá fuera cierto!", pensó Loli. "Yo llevo un montón de años estudiando español y todavía no lo hablo bien…" Cuando la señora se fue y Carmen se quedó sola, Loli empezó a llamarla en voz baja. No quería llamar la atención del Vigilante de Seguridad.

-¡Carmen! ¡Carmen! ¡ssssssssssssss!

Nada. La chica española estaba ordenando algunos papeles y no la oía.

-¡ssssssssssssss! ¡Carmen! ¡Carmen! –dijo Loli de nuevo, esta vez un poco más alto.

Pero la dependienta seguía sin oírla. Ahora se había puesto a atender a otro cliente. Un señor alto y muy delgado que también quería comprar un libro. Lolí leyó el título: APRENDER ESPAÑOL SIN ESFUERZO. "¡Ojalá fuera cierto! Si se pudiera aprender un idioma sin esfuerzo yo no estaría ahora aquí, con los pantalones rotos y enseñando las bragas y el culo a todo el mundo!"

-¡Carmen! ¡Carmen! ¡ssssssssssssss!

La chica española por fin la oyó.

-¡Carmen, Carmen!

La dependienta alzó la vista, miró hacia su derecha y la vio allí, en su rincón habitual, de pie.

Al principio no notó nada raro y simplemente la saludó con una sonrisa. Luego siguió con su trabajo. Todavía tenía muchas cosas que hacer.

-¡Carmen, venga, por favor, venga aquí! –Loli seguía insistiendo.

Carmen volvió a mirarla. Solo entonces se dio cuenta de que había algo extraño. ¿Qué era? Ah, sí, Loli estaba muy, muy roja. Y la estaba llamando. ¿Por qué? ¿Para qué?

La verdad es que Loli se ponía roja muy a menudo. Carmen ya lo sabía. Era una chica tan tímida que todo le daba vergüenza y siempre estaba roja. Pero aquella tarde parecía aún más roja de lo habitual.

-¡Venga, por favor! ¡Carmen, venga!

Finalmente, Carmen fue a ver qué le pasaba.

-¿Por qué me hablas de usted?

Loli no entendía qué quería decir la chica española.

-"Venga" es el imperativo formal. Como somos jóvenes y amigas deberías decir "ven".

En aquel momento, **Loli odió a Carmen con todas sus fuerzas**: no tenía ganas de hablar de gramática. Estaba allí, de pie, con el culo al aire, pegada a la pared, sin poder moverse, y lo último que le interesaba era el uso correcto del imperativo en español. Pero como en el fondo era una chica muy inglesa y muy educada, solo dijo:

-¡Lo siento!

-No importa, pero ¿qué te pasa? ¿Qué haces ahí, pegada a la pared? ¿Por qué estás tan roja? Estás sudando. ¿Tienes fiebre? ¿Estás enferma?

-No, es solo que…

-¿Qué?

-¡Se me han roto los pantalones! ¡No me puedo mover de la pared!

Carmen se echó a reír.

-"¡jajajaja!" ¿En serio? A ver, a ver, dónde, déjame ver…

-¡No, no, no! Es una raja enorme, **se ve todo**… -dijo Loli alejándose de su amiga. No quería que nadie la viera.

Carmen comprendió que la chica inglesa era muy tímida y lo estaba pasando realmente mal. Tenía que hacer algo para que se tranquilizara.

-¡No te preocupes! ¡Eso le puede pasar a cualquiera!

Loli pensó que eso no era verdad. Carmen era una chica muy simpática que solo quería que ella se sintiese mejor, pero, en el fondo, las dos sabían que eso solo le podía pasar a ella; que se le habían roto los pantalones porque estaba muy gorda, porque era tonta, porque era grande y tonta, porque era una "elefatonta".

-Espera un momento, vuelvo enseguida. –dijo Carmen, dando media vuelta y **echando a correr en dirección a una puerta** que decía ONLY FOR STAFF (solo para empleados).

-No te preocupes. ¡De aquí no me voy!

A los cinco minutos Carmen estaba de vuelta. Traía en las manos una chaqueta de lana, **una rebeca**.

-Toma, póntela.

-No creo que me esté bien. Tú eres mucho más delgada que yo…

-No la tienes que llevar puesta. Simplemente puedes ponértela **alrededor de la cintura** para que no se te vean los pantalones rotos por detrás.

Loli entendió lo que quería decir Carmen y se tranquilizó. Era una buena idea. Se sintió mucho mejor.

Unos minutos después, Loli salía de la librería. Pasó tranquila, sin miedo, por delante del Vigilante de Seguridad. La rebeca de Carmen le tapaba los pantalones rotos. No había nada que temer.

Un rato después, ya en el autobús de vuelta a casa, empezó a sentir un dolor extraño en la cara, en la boca. Se preguntaba qué podía ser.

Vocabulario 34

un rincón: a corner (inside a room)

Si por ella fuera se quedaría más tiempo: if it were up to her, she would stay longer

Al fin y al cabo: after all

quitaba la mesa: clear the table

Se cambiaba de ropa delante del espejo del baño: (She) used to change clothes in front of the bath mirror

se manchó los pantalones: (She) stained her trousers

Tenía que darse prisa: (She) had to hurry up

a eso de las cuatro, lo más tardar: around four o'clock, at the latest

ni siquiera: not even

un tenedor: a fork

el fregadero: the kitchen sink

Deprisa: quickly, fast

no le entraban: (they) didn't fit (they were too small)

le estaban bien (They) used to fit well

intentó meter el estómago hacia adentro: (She) tried to suck in her belly

una gota de sudor cayéndole por la cara: a drop of sweat falling down her face

consiguió meterse dentro de los pantalones: (She) managed to get herself into the trousers

no se los podía abrochar: (She) couldn't manage to fasten the button

la cremallera: the zip

abrocharse el botón: to do up the button, to fasten the button

estrangular a un gato: strangle a cat

muy ajustados, pegados a las piernas: very tight, glued to her legs

ladrones en potencia: potential robbers

Cuanto menos la viera, mejor: the less (he) saw her, the better

Muslos: thighs

Loli supo enseguida de qué se trataba: Loli realized what had happened immediately

una raja: a crack

se le veían las bragas y el culo: her knickers and her bum were showing

dio un salto hacia atrás y pegó el culo a la pared: (She) jumped backwards and glued her bottom to the wall

Loli odió a Carmen con todas sus fuerzas: Loli hated Carmen with all her heart

se ve todo: everything is showing

echando a correr en dirección a una puerta: went running towards a door

una rebeca: a cardigan

alrededor de la cintura: around your waist

35. ¡Qué guay! ^{neat} cool

Al cabo de un par de meses, Loli ya se había leído un montón de Lecturas Graduadas en español. Al principio tardaba varios días en terminar una historia, pero ahora era capaz de leer un libro en solo un par de horas. Le parecía que su español era cada vez mejor.

Había empezado leyendo historias para principiantes, que ahora le parecían superfáciles. Después se había puesto a leer historias de nivel preintermedio e intermedio y los últimos días había empezado a leer historias para estudiantes de nivel intermedio alto. Loli estaba muy contenta. Estaba progresando. Cada vez sabía más palabras. Se daba cuenta de que poco a poco estaba aprendiendo español.

Además, de vez en cuando, cuando tenía una pausa en el trabajo, Carmen **se acercaba** y las dos chicas **charlaban** un poco en español. Era fantástico. Así podía practicar también conversación. Loli sabía que leer no era suficiente: si quería hablar español, tenía que hablar con alguien en español.

Carmen era una chica muy **cariñosa** y generosa. A Loli le caía muy bien.

-¿Por qué tienes tantas ganas de aprender español? Aquí, en Inglaterra, a muy poca gente le molan los idiomas. –le preguntó un día la chica española.

-¿Molan? -Loli no había escuchado nunca esa palabra.

-Gustan. Aquí, en Inglaterra, a muy poca gente le gustan los idiomas.

Loli se dio cuenta de que Carmen se había puesto un poco triste. Por unos minutos, la sonrisa había desaparecido de su cara.

-¿Estás bien? ¿Qué te pasa?

-No, nada. Estoy bien.

Loli se dio cuenta de que Carmen no le estaba diciendo la verdad. La chica española, normalmente alegre y sonriente, se había puesto un poco seria. Parecía preocupada.

-Pareces preocupada. ¿Le ha pasado algo a tu familia en España?

-No, no, mi familia está bien. Es la tienda.

-¿La tienda? Quieres decir la librería.

-Sí, la librería. Me ha dicho mi jefe que cada vez se venden menos libros de idiomas y que si todo sigue así dentro de unos meses tendremos que cerrar la sección de lenguas extranjeras de la librería.

-¡**Qué pena**! –dijo Loli.

-Sí, una pena, pero lo que más me preocupa es perder mi trabajo. ¡Me da miedo **quedarme en paro**! Estaba en paro en España, antes de venir a Inglaterra. Luego, aquí en Londres, hasta hace poco trabajaba en un restaurante de comida rápida. Era terrible. Lo odiaba. Lo pasé muy mal. Aquí en la librería estoy mejor. Me gusta este trabajo. No es, digamos, mi trabajo ideal. Yo soy periodista, ¿sabes? Pero, bueno, de momento no está mal. ¡El problema es que casi nadie estudia idiomas y si no se venden libros de idiomas yo voy a perder mi trabajo!

-¿A la gente no le mola estudiar otras lenguas? ¡**Qué raro**! Pensaba que…

-No, en realidad hay muy poca gente interesada en estudiar otras lenguas. Por eso me sorprende que tú quieras aprender español. Pareces supermotivada. ¡Ojalá mucha más gente fuera como tú!

Loli pensó que aquel era un buen momento para hablarle a Carmen de su abuelo, de Penélope, de aquella foto antigua en la estación de Dúrcal y de las cartas de amor que su abuelo había escrito, **pero que Antonia nunca había llegado a leer.**

Carmen escuchó la historia de Loli con la boca abierta. Se quedó muy sorprendida.

-Quiero ir a España, a Dúrcal, al pueblecito donde mi abuelo y Antonia se conocieron y se enamoraron. Quiero conocer a Penélope, a Antonia. Quiero decirle que mi abuelo siempre estuvo enamorado de ella, que nunca la olvidó. Que le escribió muchas cartas de amor que nunca le llegaron. Quiero que lea las cartas de amor que mi abuelo le escribió. Quiero que sepa…

-Qué guay tu abuelo, ¿no?

-¿Guay?

-Sí, quiero decir, qué guay, qué bien que nunca se olvidara de aquella chica, que le escribiese todas esas cartas de amor…

-Sí, mi abuelo es guay. Lo sé. Por eso tengo que aprender español. Quiero que Antonia sepa que mi abuelo era guay, que nunca la olvidó.

Carmen pensó que era un historia muy dulce y muy romántica, pero la idea de ir a España y conocer a Antonia le parecía totalmente irrealizable. ¿Cómo iba a ir Loli a España? ¿Cómo iba a pagar el vuelo, el hotel, la comida…? Loli era una chica muy dulce, pero muy inocente. Nunca había trabajado, nunca había viajado sola, vivía con sus padres, no hablaba bien español… Además, era una historia muy vieja. Lo más probable es que Antonia ya hubiese muerto.

Carmen pensó que el sueño de Loli era un sueño casi imposible de realizar, pero no le dijo nada. **No quería hacerle daño.**

Vocabulario 35

se acercaba: (She) came over
charlaban: (They) talked
cariñosa: loving, affectionate
¡Qué pena!: what a pity!
quedarme en paro: to go on the dole, to become unemployed
¡Qué raro!: how strange!
pero que Antonia nunca había llegado a leer: but that Antonia had never read
No quería hacerle daño: (She) didn't want to hurt her

36. Ni una mosca

Loli se tocó la cara. Desde hacía varias semanas sentía una sensación extraña alrededor de la boca, un dolor ligero. Quizás debería ir al dentista.

"ir al dentista no mola", se dijo, recordando que Carmen le había enseñado que el verbo "molar" significa "gustar".

A Loli no le molaba ir al dentista. Le daban miedo los dentistas. En realidad, le daban miedo tantas cosas: los insectos, los aviones, la oscuridad, los gatos... casi todo le daba miedo. Bueno, los perros no; los perros no le daban miedo. Gracias a su abuelo. Su abuelo le había enseñado, de niña, que no había que tener miedo de los perros.

Loli no se había olvidado de su abuelo.

Desde hacia meses, cada vez que atravesaba el pasillo para ir a la cocina o para volver a su cuarto, Loli se paraba siempre delante de la habitación del abuelo. Se paraba a escuchar. Pegaba la oreja a la puerta y **aguantaba la respiración**. Nada. Nunca oía nada. Ni una mosca. Ningún ruido. Ni siquiera lo oía respirar.

Loli imaginaba a su abuelo allí encerrado, en silencio, solo, mirando por la ventana, **sumido en sus recuerdos**, y se ponía muy triste. Siempre intentaba girar la manilla de la puerta, pero siempre la encontraba cerrada. Su madre nunca se olvidaba de cerrarla bien con llave.

Pensar en su abuelo le ponía muy triste.

¡Menos mal que tenía a Carmen! ¡Menos mal que había conocido a Carmen!

Carmen le caía muy bien y estaba segura de que ella a Carmen también le caía bien. Las dos se caían bien. Carmen era un poco mayor que ella, pero no demasiado. Era simpática, siempre sonriente y le estaba ayudando mucho con su español. Cuando estaba con Carmen se olvidaba de sus problemas en casa. ¡Le parecía que ahora incluso comía menos patatas fritas!

Las dos chicas se veían casi todos los días y a menudo hablaban en español.

-Cada vez hablas mejor, Loli.

-¿En serio?

-¡Por supuesto! Ahora tienes mucho más vocabulario que antes, haces menos errores de gramática y tu acento ha mejorado mucho.

Loli se puso muy contenta. Era la primera vez que alguien le decía que hablaba bien español. **No pasaba muy a menudo que alguien le dijera que hacía algo bien.**

"Quería pedirte un favor", le dijo Carmen un día. Loli tuvo miedo. Por un momento **pensó que la chica española iba a pedirle que dejara de ir a la librería para leer libros gratis.** No, no era eso.

Vocabulario 36

aguantaba la respiración: (She) held her breath
sumido en sus recuerdos: immersed in his memories
Menos mal: luckily
No pasaba muy a menudo que alguien le dijera que hacía algo bien: it didn't happen often that somebody would tell her she had done something well
pensó que la chica española iba a pedirle que dejara de ir a la librería para leer libros gratis: (She) thought the Spanish girl would ask her to stop reading books at the bookshop for free

37. Tonterías

-**¿Me puedes enseñar inglés**?

-¿Enseñarte inglés? ¿Yo? –exclamó Loli muy sorprendida. ¡Pero si tú ya hablas inglés!

-Sí, pero muy mal. Hago muchos errores y mi pronunciación no es muy buena. Necesito practicar. Aquí en la tienda siempre uso las mismas frases: Can I help you? Anything else? To the right. To the left. Up there, down there… (¿Le puedo ayudar? ¿Algo más? A la derecha. A la izquierda. Allí arriba, allí abajo…). Así no puedo mejorar.

Loli entendía lo que la chica española quería decir, pero no estaba segura de que ella pudiera ayudarle.

-Yo no soy profesora de inglés. Yo no sé la gramática. No creo que pudiera ayudarte…

-No estoy buscando una profesora de inglés. Yo ya sé la gramática del inglés. Llevo muchos años estudiándola. Lo que yo necesito es hablar, hablar mucho, practicar conversación. Y tú puedes hablar conmigo, ¿no?

-No sé…. –dijo Loli, un poco nerviosa. Las situaciones nuevas le ponían nerviosa y, además, ella no sabía muy bien de qué podía hablar con Carmen. **A ella no se le daba bien hablar con la gente**. Nunca sabía qué decir, se ponía muy nerviosa, **le temblaban las manos**, le temblaban las piernas. En la escuela **estaba siempre callada** y todos pensaban que era muy aburrida, muy seria, que no decía nada interesante.

-Yo antes solía hacer un intercambio de conversación con un chico inglés, bueno, en realidad era escocés, pero hace unas semanas se fue a vivir a España. –dijo Carmen. Ahora creo que da clases de inglés. **Un chico muy majo**. ¡El caso es que ahora **me he quedado sin nadie con quien practicar inglés**!

A Loli no se le daba bien hablar con la gente y tenía miedo de que Carmen descubriera que era aburrida y que no tenía nada interesante que decir, pero no podía decirle que no. Llevaba varios meses leyendo Lecturas Graduadas en español gratis en la librería y hablando en español con ella. Gracias a Carmen su español era ahora mucho mejor. **Era el momento de devolverle el favor**. No, no podía decirle que no.

-Vale, de acuerdo. -dijo finalmente Loli.

-¡Qué guay! -exclamó Carmen, que se había puesto muy contenta.

Las dos chicas decidieron empezar sus intercambios de conversación enseguida. Quedaban dos o tres veces a la semana, normalmente a las cinco, cuando Carmen terminaba de trabajar. Si llovía o hacía frío, iban a una cafetería; si hacía buen tiempo, **daban una vuelta** por las calles del centro o iban a pasear al parque.

Las dos chicas se llevaban muy bien. Se encontraban a gusto la una con la otra. A pesar de ser tan diferentes, a las dos les gustaba pasar tiempo juntas.

A Loli le parecía que Carmen era muy divertida.

-¿Sabes qué me pasó ayer? –le dijo un día la chica española, mientras tomaban café en una cafetería.

-¿Qué? ¡Cuéntame! –A Loli le encantaba escuchar las anécdotas que contaba Carmen. **Se reía mucho con ella porque siempre le pasaban cosas muy divertidas.**

-Pues, verás, ayer vino un profesor de español…

-¿A la librería?

-Sí, eso es, a la librería. Es un profesor que da clase en una universidad que hay por aquí cerca y que de vez en cuando se pasa para ver si nos han llegado materiales nuevos…

-Entiendo. Sigue, sigue. ¿Qué pasó ayer? –le preguntó Loli.

-Bueno, pues, ayer, nada, yo lo saludé, como siempre, "hola, Juan, ¿qué tal? ¿cómo estás?" y nada, él se fue hacia la sección de español y yo seguí atendiendo a los clientes que iban llegando a la caja. Ayer había un mogollón de gente en la librería. Estos días hay rebajas y…

-¿Un mogollón? ¿Qué significa "un mogollón"? –volvió a interrumpirla Loli. Era la primera vez que escuchaba aquella palabra.

-Ah, quiere decir "mucho". Sí, ayer había mucha gente en la librería.

-Ah, vale, entiendo.

- Y bueno, yo, la verdad, no le presté más atención. El profesor, Juan, desapareció detrás de los libros de español y yo, como te decía, me quedé en la caja, atendiendo a los clientes que iban llegando para pagar. Al rato me llega una señora mayor, de unos setenta años, con un mogollón de libros en las manos, y me dice, "señorita, perdone, ¿estos libros están de oferta?"

-¿De oferta? ¡Ah, entiendo! La señora quería saber si los libros eran más baratos de lo habitual, si estaban rebajados de precio.

-Exacto. Como ya te he dicho, estos días tenemos rebajas en la librería. A veces hacemos rebajas de libros antiguos y también de libros de segunda mano. Libros usados de segunda mano, ¿entiendes? Son libros usados, es decir, libros que alguien ya ha leído. -Carmen quería estar segura de que Loli entendía bien la historia.

-Sí, sé lo que son libros de segunda mano. En inglés se dice "second hand books".

-Exacto. Los ponemos de rebajas porque ya no se venden mucho.

-Sí, ya me he dado cuenta. He visto que hay muchos libros de idiomas rebajados, pero son muy viejos.

-Exacto. –continuó Loli. Yo les di un vistazo rápido a los libros que traía la señora. Eran bastante viejos y había como diez o doce, creo. Un mogollón de libros. Eran libros usados. De segunda mano. Nosotros vendemos también libros de segunda mano, ¿te lo he dicho?

-¡Síííí, ya me lo has dicho! ¡Vendéis libros usados, de segunda mano! –dijo Loli echándose a reír. Carmen le parecía muy graciosa.

-Exacto. Vi que algunos de aquellos libros incluso tenían notas escritas en los márgenes. Yo, al verlos tan viejos, pensé: "Ah, pues sí, estarán en oferta." Pero había tanta gente en la librería y yo estaba tan ocupada que ni siquiera me molesté en comprobarlo: simplemente, como estaban tan viejos y eran de segunda mano, di por supuesto que eran libros de las rebajas.

-Ya sé lo que pasó. Le vendiste a la señora los libros rebajados de precio y luego te diste cuenta de que no eran parte de las rebajas, ¿no? Tu jefe se habrá cabreado contigo un mogollón, ¿verdad? –a Loli le gustaba usar las palabras nuevas que aprendía hablando con Carmen.

-No, mucho peor. Peor que eso.

-¿Peor?

-Sí, peor. Yo le vendí todos los libros a la señora por diez libras.

-Diez libras por diez libros… ¡eso es una buena oferta!

-Sí, buenísima, pero resulta que, al rato, cuando la señora ya se había ido, llegó otra vez a la caja el profesor de español y me dijo, "Carmen, perdona, ¿has visto mis libros de la universidad? Los había dejado aquí sobre una mesa para ir al baño y cuando he vuelto no estaban".

-¡Oh, no! ¿Le habías vendido a la señora todos los libros del profesor de español! ¡Los libros que él usaba para sus clases!

-¡Exacto! ¡Me dio mucha vergüenza! ¡Me quería morir de vergüenza! ¿Te imaginas qué vergüenza pasé? ¡Me sentía como una idiota!

Al recordar la escena, Carmen se puso roja como un tomate.

-¡Pobre hombre! ¿Vendiste todos sus libros por diez libras? ¿Se quedó sin ningún libro? –le preguntó Loli a Carmen, angustiada, poniéndose en el lugar del profesor de español.

-Sí, imagínate: el precio real de aquellos libros era de más de doscientas libras…

-¡Y tú los vendiste por diez libras! ¡Qué horror!

-Fue terrible, no quiero ni pensarlo.

Carmen se puso aún más roja.

-¿Y qué dijo el profesor? ¿Se enfadó contigo?

-Un poco sí, pero luego se le pasó. Al final nos echamos a reír los dos.

-¿En serio? ¡Menos mal! –exclamó Loli.

-¿Ves? Yo también hago tonterías. Todos hacemos tonterías alguna vez, pero eso no significa que seamos tontos. Es normal cometer errores.

-Pero, Carmen, una pregunta. Hay algo que no termino de entender. -dijo Loli sonriendo.

-Dime.

-¿Vendéis libros de segunda mano en la librería? No estoy segura…

-¡No me tomes el pelo! ¡Ya sé que repito las cosas un mogollón de veces! –le contestó Carmen riendo.

Un rato después Loli recordó lo que le había dicho Carmen: "Todos hacemos tonterías".

¿Qué hubiera hecho ella en su lugar? ¿Qué hubiera pasado si fuese ella la que hubiera vendido todos aquellos libros por error? Seguramente ahora pensaría que era una tonta, que todo lo hacía mal, que no servía para nada…

A Loli le gustaba hablar con Carmen. Le hacía gracia. Hablar con ella le hacía sentir bien.

A la chica española, Loli también le caía muy bien. La veía tan tímida, tan insegura, tan inocente que despertaba en ella un sentimiento maternal de protección.

Como las dos chicas se llevaban tan bien, cada vez pasaban más tiempo juntas. Loli se lo pasaba bien con Carmen y Carmen se lo pasaba bien con Loli.

A fuerza de verse a menudo, poco a poco **se fueron haciendo amigas**.

Un día, mientras estaban juntas, a Carmen le sonó el teléfono móvil.

"¿Sí? ¡Hola, Marcela! ¿Qué tal? ¿Cómo estás?" le dijo la chica española a alguien al otro lado del teléfono. Y luego: "No, hoy no puedo, lo siento, es que he quedado con una amiga."

Loli se sorprendió mucho al escuchar aquellas palabras y miró a Carmen de reojo. *sideways*

"¿Una amiga? ¿de quién hablará?". Loli tardó un rato en comprender que Carmen hablaba de ella. *(talk)*

Vocabulario 37

¿Me puedes enseñar inglés?: can you teach me English?

A ella no se le daba bien hablar con la gente: She wasn´t good at talking to people

le temblaban las manos: her hands would shake

estaba siempre callada: (She) was always quiet

Un chico muy majo: a very nice guy

me he quedado sin nadie con quien practicar inglés: I have nobody to practice my English with

Era el momento de devolverle el favor: it was the moment to return her the favour

daban una vuelta: (They) would go for a walk

Las dos chicas se llevaban muy bien: The two girls got along very well

Se encontraban a gusto la una con la otra: They were at ease with each other

Se reía mucho con ella porque siempre le pasaban cosas muy divertidas: (She) laughed a lot with her because funny things would happen to her all the time

se fueron haciendo amigas: They became friends

38. Ir al dentista

"¡No, por favor! ¡Yo me lavo los dientes dos veces al día!" gritaba Loli.

Pero el dentista no la dejaba ir y ella no podía moverse. Estaba atada a un sillón enorme, negro.

"**¡No te muevas! ¡Voy a sacarte todos los dientes!** ¡Así no podrás seguir comiendo patatas fritas!"

"¡No, por favor, no volveré a comer patatas fritas! ¡No me saque todos los dientes!"

"¡Estoy harto de que comas patatas fritas! **¡Mira como has dejado el suelo!**"

Loli miró el suelo. ¡Estaba lleno de patatas fritas y de manchas de Coca-Cola!

Luego vio al dentista acercarse hacia ella con un enorme **tenedor** en la mano. Cuando lo tuvo cerca, Loli se dio cuenta de que el dentista era, en realidad, el Vigilante de Seguridad de la librería.

"¡No, no, no!"

Loli se despertó sudando. Todo había sido un sueño. Había soñado que estaba en **la consulta del dentista** y que el Vigilante de Seguridad de la librería quería sacarle todos los dientes. Había sido una **pesadilla** horrible.

Ya despierta, Loli se puso supercontenta. ¡En el sueño hablaba en español! ¡Había soñado en español! Eso quería decir que su español era muy bueno, ¿no?

Tenía muchas ganas de ver a Carmen para decírselo. **Seguro que su amiga se alegraba por ella.**

Loli se tocó la cara. Le seguía doliendo la boca. Desde hacía algunos días **le dolían las mandíbulas**, la boca, los labios… Tal vez por eso había soñado que le sacaban todos los dientes.

"**¡Qué rollo!**", se dijo. "¡Si me sigue doliendo la boca, voy a tener que ir al dentista de verdad, no solo en sueños!"

Loli se levantó y fue al cuarto de baño para mirarse la boca al espejo. Mientras se miraba, recordó la historia que Carmen le había contado la tarde anterior y se echó a reír. Al reírse, volvió a dolerle la boca, la mandíbula, los labios. Entonces se dio cuenta: ¡No tenía ningún problema en los dientes! ¡Le dolían los músculos de la boca y de la cara **de tanto reír**! Llevaba tanto tiempo sin ejercitar los músculos de la risa que se le habían atrofiado y ahora **le hacía daño la boca cuando se reía**.

Loli se miró al espejo y casi no se reconoció. Tenia una sonrisa de oreja a oreja que **le iluminaba la cara**. Por fin, las cosas comenzaban a ir bien en su vida: hablaba español cada vez mejor, había empezado a sonreír de nuevo y tenía una amiga: Carmen.

Loli todavía no imaginaba que en unas semanas su vida cambiaría completamente.

Vocabulario 38

Pero el dentista no la dejaba ir y ella no podía moverse: But the dentist wouldn't let her go and she couldn't move

Estaba atada a una sillón enorme, negro: (She) was tied to a huge black armchair.

"¡No te muevas! ¡Voy a sacarte todos los dientes!: Don't move! I am going to pull out all your teeth!

"¡Mira como has dejado el suelo!": look at the state you have left the floor!

Tenedor: fork

la consulta del dentist: dental surgery

pesadilla: nightmare

Seguro que su amiga se alegraba por ella: Surely, her friend would be happy for her

le dolían las mandíbulas: her jaws were aching

"¡Qué rollo!: how boring!

de tanto reír: for laughing so much

le hacía daño la boca cuando se reía: her mouth ached when she laughed

le iluminaba la cara: It brightened her face

39. ¿Estás sorda, hermanita?

Un día Loli volvió a casa más tarde de lo habitual. Había ido con Carmen a ver una película española y luego a un pub a tomar una cerveza. **A las dos se les había ido el santo al cielo, charlando.**

Al salir del ascensor, Loli pensó en su madre. Seguramente la estaba esperando para terminar de preparar la cena. Luego pensó en su padre. Seguramente estaría enfadado. No le gustaba cenar tarde.

Abrió la puerta con la llave y entró en el piso. Al entrar, esperaba oír el ruido de la televisión en el salón, como de costumbre, o quizás a su madre **trajinando** en la cocina, pero ese día no oyó nada. Todas las luces de la casa estaban encendidas, pero no se oía nada. Todo estaba en silencio. Le pareció raro. Cerró la puerta detrás de sí, pero no se movió, **se quedó allí parada, en la entrada del piso**. No se atrevía a moverse. Sintió algo extraño. Tuvo un poco de miedo.

"¿Mum? (¿mamá?)" gritó desde la puerta.

Nadie le respondió.

Miró hacia su cuarto. Desde donde estaba pudo ver que la puerta de su habitación estaba abierta y la luz encendida. Ella estaba segura de haber cerrado la puerta y de haber apagado la luz de su cuarto antes de salir.

"¿Mum? ¿Dad? (¿mamá? ¿papá?)", volvió a gritar Loli, desde la entrada del piso.

Tampoco esta vez nadie le respondió.

De repente escuchó un ruido. **Era como un susurro**. Quizás alguien había dicho algo en voz baja. Miró hacia el lugar de donde venía el ruido.

El corazón le dio un vuelco. El ruido venía de la habitación del abuelo.

Dio unos pasos por el pasillo. **Avanzó un par de metros**. Quería escuchar mejor. Parecía que había alguien en el cuarto del abuelo.

De repente se dio cuenta. ¡La puerta de la habitación del abuelo estaba abierta y la luz estaba encendida!

¿Qué había pasado? ¿Quién había allí dentro? Aquella puerta llevaba meses cerrada. Solo su madre podía entrar allí.

Loli tenía miedo. Sabía que todo aquello era muy extraño. **Tuvo la sospecha de que** algo malo, algo terrible había ocurrido o estaba a punto de ocurrir.

Volvió a escuchar un rumor, como un susurro. Alguien hablaba en voz baja, estaba segura.

"¿Mum? Are you there? (mamá, ¿estás ahí?)"

Muy despacio, con mucho miedo, Loli empezó a dar pasos en dirección a la habitación del abuelo. **A medida que se acercaba, el ruido se hacía cada vez más alto y más claro**. Se oía música y **parecía que alguien cantara en voz baja**.

Al llegar a la puerta sintió que el corazón le latía a mil por hora. Tenía miedo de lo que pudiera ver, tenía miedo de lo que pudiera encontrar.

"Grandad? (¿abuelo?)" –dijo con voz temblorosa.

Entonces escuchó un ruido familiar.

¡Eeeeercgk!

¡Era su hermano! ¡Era un eructo de su hermano! ¡Su hermano estaba en la habitación del abuelo! ¿Qué hacía allí?

Loli asomó la cabeza y miró dentro. Vio a Roberto enfrente de la ventana, sentado en el sillón. **No había rastro del abuelo**.

-What are you doing here? Where is grandad? (¿Qué haces aquí? ¿Dónde está el abuelo?).

Su hermano no la oía. **Tenia los auriculares puestos**, escuchaba música muy alta y jugaba con un videojuego en su móvil, como de costumbre.

Loli entró en la habitación, fue hacia él y **de un manotazo le quitó los auriculares**.

-Where is grandad? What happened? (¿Dónde está el abuelo? ¿Qué ha pasado?)

Roberto se sobresaltó. Hasta entonces no la había escuchado, ni la había visto entrar. Creía estar solo en el piso.

- Oh, FXXXX! You scared me! Why don´t you say anything before coming in, you idiot! (¡Ay, coño! ¡Qué susto me has dado! ¿Por qué no dices nada antes de entrar, imbécil!).

-Don´t you call me an idiot! I have been shouting for a while and nobody replied (¡A mí no me llames imbécil! ¡Llevo un rato gritando y nadie me respondía!). –le gritó Loli muy enfadada y seria. Ella misma se sorprendió al escucharse hablar así. Normalmente no contestaba a los insultos de su hermano.

Roberto la miró sin decir nada. Notó algo extraño en su hermana, pero no sabía qué era.

-Where is mum? Where is dad? Where is grandad? (¿Dónde está mamá? ¿Dónde está papá? ¿Dónde está el abuelo?). –insistió Loli.

-The police took them in for questioning (La policía se los ha llevado a los tres para interrogarles).

-What? (¿Qué?).

-Are you deaf, little sister? The police came today and took in your father and your mother for questioning. By the way, they are also looking for you. After you prepare my dinner, you have to go to the police station. They want to talk to you. They haven´t said anything to me because I am a minor.

(¿Estás sorda, hermanita? Hoy vino la policía y se llevó a tu padre y a tu madre para interrogarles. Por cierto, a ti también te están buscando. Cuando me prepares la cena, tienes que ir a la comisaría de policía. Quieren hablar contigo. A mí no me han dicho nada porque todavía soy menor de edad).

Loli estaba alucinando. ¿Su padre y su madre en comisaría? ¿Por qué? ¿Qué había pasado? ¿Qué habían hecho?

-And grandad? (¿Y el abuelo?).

-No idea. The police came into the old man´s room, but it was empty. There was no sign of the old man. There was nobody here!

(Ni idea. La policía entró en la habitación del viejo, pero estaba vacía. Ni rastro del viejo. ¡Aquí no había nadie!)

-What? (¿Qué?).

-Are you deaf? (¿Estás sorda?).

Loli se dio la vuelta sin responder a su hermano y fue deprisa, casi corriendo, en dirección a la puerta. Tenía que **averiguar** qué había pasado con el abuelo y por qué la policía había detenido a sus padres.

-And my dinner? (¿Y mi cena?). -gritó Roberto cuando la escuchó abrir la puerta del piso para salir.

-Make it yourself! (¡Háztela tú mismo!) -le contestó Loli en español, **antes de cerrar la puerta del piso de un portazo.**

Vocabulario 39

A las dos se les había ido el santo al cielo, charlando: They were chatting and got distracted (the Spanish idiom "irse el santo al cielo" = they got carried away doing something, in this case, talking).

Trajinando: going around, on the move

se quedó allí parada, en la entrada del piso: (She) stayed there, at the entrance

Era como un susurro: it was like a whisper

El corazón le dio un vuelco: her heart skipped a beat

Avanzó un par de metros: (she) walked forward a couple of metres

Tuvo la sospecha de que: (She) suspected that

A medida que se acercaba, el ruido se hacía cada vez más alto y más claro: as she was getting closer, the noise was getting louder and clearer.

parecía que alguien cantara en voz baja: it was as if somebody were singing in a low voice

Loli asomó la cabeza: Loli put her head out (the door)

No había rastro del abuelo: there was no trace of her granddad

Tenia los auriculares puestos: (He) had his headphones on

de un manotazo le quitó los auriculares: with a swipe of his hand, she took off his headphones

Roberto se sobresaltó: Robert jumped, got startled

Loli estaba alucinando: Loli was really stunned, very surprised, astonished

Loli se dio la vuelta: Loli turned away

Averiguar: To find out

antes de cerrar la puerta del piso de un portazo: before slamming the door

40. Esperando en la sala de espera

like, for example

how

Como Loli no quería ir sola a hablar con la policía, llamó a su mejor amiga, a su única amiga, a Carmen, para que fuera con ella. Eran alrededor de las once de la noche y hacía mucho frío cuando las dos chicas llegaron a la **comisaría**. *police station*
¿Dónde estaba su abuelo?
¿Por qué habían **detenido** a sus padres? ¿Qué habían hecho?
Un policía les pidió que pasaran y se sentaran en **la sala de espera**. Alguien las llamaría cuando llegara **su turno**.
Cuando entraron en la sala, vieron que había algunas personas más esperando. La mayoría **parecían turistas que habían sufrido hurtos y robos**. Las dos chicas se sentaron juntas. Los turistas las miraron en silencio. Parecían cansados, como si llevaran allí mucho tiempo, horas quizás, esperando. **Cada uno tenía que esperar su turno.**
Loli no tenía ni idea de qué le podía haber pasado a su familia y se sentía muy mal. Estaba muy preocupada. **Menos mal** que Carmen estaba allí, con ella, a su lado, **acompañándola**. Si estuviera sola se sentiría mucho peor.
-Gracias por venir conmigo, Carmen. No sé qué habría hecho si tú no hubieras venido. Contigo a mí lado me siento más tranquila.
-**¿Para qué están los amigos**? ¡Por cierto, felicidades! ¡Enhorabuena!
-¿Felicidades? ¿Enhorabuena?
-Sí, enhorabuena por tu español. Esa frase que acabas de decir ("No sé qué habría hecho si tú no hubieras venido") **es de nota**. Si la Señorita Martina te oyera usar el subjuntivo imperfecto…

very good

Loli sonrió. **Incluso** en los momentos más difíciles, **Carmen conseguía siempre arrancarle una sonrisa**.

- Vete a casa, Carmen. Mañana tienes que **madrugar**, ¿verdad? Tienes que levantarte temprano para ir al trabajo, ¿no?

-De aquí no me voy sin ti. Y después tú te vienes conmigo a mi casa. No quiero que esta noche la pases sola.

Las dos chicas se abrazaron. Una pareja de turistas las miraban curiosos, pero **a ellas les daba igual**.

Tuvieron que esperar casi dos horas hasta que alguien, por fin, las llamó. Era una mujer policía. "¡Mejor!", pensó Loli. A ella le resultaba más fácil hablar con mujeres que con hombres.

La mujer policía fue muy amable con ellas. Las hizo pasar a una oficina y les pidió que se sentaran. Luego, con una sonrisa triste les preguntó si habían cenado, si tenían hambre, si les apetecía un café o un té. Las chicas **no tenían ganas de comer**, ni de tomar café, ni de tomar té. Solo querían saber cómo estaban los padres de Loli y por qué les habían detenido.

De todas formas, la mujer policía insistió. Tenían que tomar algo, **aunque fuera solo un té**.

"I'll put the kettle on!" (¡Voy a encender el hervidor!), dijo mientras salía de la oficina.

Cuando se quedaron solas, **Carmen se temió lo peor**: si los ingleses dicen que van a calentar el agua para el té es porque algo va mal, muy, muy mal.

Sí yes

Vocabulario 40

Comisaría: Police station
Detenido: arrested
la sala de espera: waiting room
su turno: her turn
parecían turistas que habían sufrido hurtos y robos: (They) looked like tourists that had suffered robberies and thefts
Cada uno tenía que esperar su turno: Each one had to wait their turn
Loli no tenía ni idea de: Loli did not have a clue about
Menos mal: hopefully, fortunately, luckily
Acompañándola: Keeping her company
Para qué están los amigos: what are friends for?
es de nota: it´s very good (literally = it´d get a high mark in school)
Incluso: even
Carmen conseguía siempre arrancarle una sonrisa: Carmen always managed to make her smile
Madrugar: get up very early in the morning
a ellas les daba igual: (They) didn't care
no tenían ganas de comer: (They) weren't hungry
aunque fuera solo un té: even if only a cup of tea
Carmen se temió lo peor: Carmen feared the worst

41. Té con galletas

Al cabo de un rato la mujer policía volvió a entrar en la oficina. Traía **una bandeja** con tres tazas grandes de té, azúcar, leche y algunas galletas con sabor a vainilla. Carmen bebió un poco de té. En aquel momento, Loli hubiera dado cualquier cosa por una bolsa enorme de patatas fritas con Coca-Cola, pero tenía que conformarse con aquellas galletas aburridas que había en la bandeja. Ya comería patatas fritas cuando saliera de allí.

-Who is Dolores? (¿Quién es Dolores?), les preguntó de repente la oficial de policía. Por unos momentos, las chicas se habían olvidado de que estaban en la comisaría.

-Me (yo), dijo Loli, metiéndose la segunda galleta en la boca. Estaba nerviosa y cuando se ponía nerviosa le daba por comer.

La mujer policía miró a Carmen.

-And you are…? (¿Y tú eres…?)

-My name is Carmen. I am just her friend. I have come with her to keep her company (Me llamo Carmen. Solo soy su amiga. He venido con ella para hacerle compañía).

-I understand (entiendo).

La mujer policía **se echó hacia atrás en la silla y se quedó mirando a las dos chicas en silencio**. Loli seguía comiendo galletas de vainilla. **Ya iba por la cuarta**.

-When was the last time you saw your grandfather? (¿Cuándo fue la última vez que viste a tu abuelo?).

Loli trató de recordar. Desde que su madre encontró aquella vieja fotografía de Penélope en sus pantalones, sus padres habían cerrado con llave la puerta de la habitación del abuelo y no había vuelto a verlo. Cada vez que pasaba por el pasillo intentaba girar la manilla de la puerta, pero siempre la encontraba cerrada.

¿Cuánto tiempo había pasado desde aquel día? ¿seis o siete meses? Quizás más tiempo, tal vez un año. Loli no estaba segura.

-Your grandad died a year ago, more or less. We are not completely sure, but he must have passed away around February last year. (Tu abuelo murió hace un año, más o menos. No estamos completamente seguros, pero debe de haber muerto en febrero del año pasado).

Al escuchar estas palabras, **Loli se quedó de piedra, inmóvil como una estatua**. ¿El abuelo? ¿Muerto?

Carmen no estaba segura de haber entendido bien. Su inglés todavía no era muy bueno y aquella mujer policía hablaba tan deprisa, con un acento escocés un poco difícil de entender para ella, pero le había parecido entender que **el abuelo de Loli llevaba un año muerto**.

"I am really sorry, I am really sorry (lo siento mucho, lo siento mucho)", volvió a decir la mujer policía.

A Loli se le nublaron los ojos y empezaron a temblarle los labios.

"I am really sorry, I am really sorry (lo siento mucho, lo siento mucho)".

La mujer policía continuaba mirándola y seguía diciendo que lo sentía mucho, pero Loli ya no la escuchaba.

Le dieron ganas de vomitar. **Sintió una lágrima cayéndole por la mejilla.**

"I am really sorry, I am really sorry (lo siento mucho, lo siento mucho)"

De repente, **Loli se echó hacia delante en la silla**, dio un grito, se llevó las manos a la cara y **rompió a llorar, a lágrima viva**, como no recordaba haber llorado nunca, con dolor, con mucho dolor.

Lloraba por su abuelo, pero también lloraba por Penélope, que nunca supo que él siempre la quiso, que nunca la olvidó y que había muerto enamorado de ella.

Lloraba porque nunca había hablado en español con su abuelo.

Lloraba porque lo había dejado solo, porque se había pasado los últimos años de su vida solo, olvidado, mirando por la ventana, lejos del cielo azul de España, ese cielo azul que tanto echaba de menos.

Lloraba por sí misma, porque se quedaba sola, porque con su abuelo moría una parte muy importante de su infancia, de su vida.

Carmen se acercó hacia ella, la abrazó, le tocó el pelo en silencio, sin decir nada. La dejó llorar en su hombro.

No había nada más que decir. Nada más que hacer. **Solo dejarla llorar**.

Vocabulario 41

Al cabo de un rato: after a while

una bandeja: a tray

se echó hacia atrás en la silla y se quedó mirando a las dos chicas en silencio: (She) leaned back on the chair and stared at both girls silently

Ya iba por la cuarta: It was the fourth

Loli se quedó de piedra, inmóvil como una estatua: Loli was astonished, stunned, extremely surprised (paralysed, like a statue made of stone)

el abuelo de Loli llevaba un año muertos: Loli's granddad had been dead for a year

A Loli se le nublaron los ojos y empezaron a temblarle los labios: Loli's eyes got hazy (clouded) and her lips started to tremble, shake.

Sintió una lágrima cayéndole por la mejilla: (She) felt a tear falling down her cheek

Loli se echó hacia delante en la silla: Loli leaned forward on her chair

rompió a llorar, a lágrima viva: (she) started to cry a lot (the Spanish idiom "llorar a lágrima viva: = to cry your eyes out)

Solo dejarla llorar: just let her cry

42. La protagonista era ella

¿Y sus padres? ¿Dónde estaba Paco? ¿Dónde estaba Pepa?

La policía los había detenido. Por el momento estaban **incomunicados** y Loli no podía visitarlos.

¿Por qué habían sido detenidos? ¿Qué habían hecho? ¿**De qué se les acusaba**?

La policía sabía que Torcuato, el abuelo de Loli, había muerto hacía un año, más o menos. Un tipo que había salido al campo a pasear con su perro había encontrado el cadáver enterrado en un bosque apartado, a unos doscientos kilómetros al sur de Londres.

Todavía era pronto para saber si había muerto de muerte natural o si había sido asesinado. La policía científica estaba haciendo su trabajo, pero el resultado de los análisis tardaría aún algunos días.

Loli no podía creerlo. ¿Sus padres unos asesinos? ¡Ni hablar! No, no era posible. No lo creyó ni por un momento.

Su madre no podía haber matado a su propio padre. No, no la creía capaz de eso. Una cosa era saltarse la fila del supermercado y casarse con alguien por dinero, pero ¿matar por dinero? ¿matar a su propio padre por dinero? No, Loli sabía que su madre no era capaz de hacerlo.

¿Y su padre? Tampoco. Una cosa era **timar a los turistas**, llevarles al hotel **por el camino más largo** para que tuviesen que pagar más dinero por la carrera y otra cosa, muy distinta, era asesinar, matar al padre de su mujer. No, Loli sabía que su padre tampoco era capaz de hacerlo.

"But, anyway, even if they did not kill your grandad, they are accused of fraud" (pero, de todas formas, incluso si no mataron a tu abuelo, están acusados de fraude), les dijo la mujer policía.

¿Fraude?

Ocultaron el cadáver del pobre viejo en secreto y durante un año **fingieron** que estaba vivo para así poder seguir cobrando **la pensión** que el gobierno de España le pagaba a Torcuato cada mes. Como mínimo eran culpables de ocultación de un cadáver, robo de identidad y fraude al gobierno de España.

Lo más probable es que, **aunque fueran inocentes** de haber matado al abuelo, fuesen **deportados** a España, su país de origen. **Al fin y al cabo** ninguno de los dos, ni Paco, ni Pepa, tenía la nacionalidad británica.

"The two of them will probably end up in a Spanish prison" (Lo más probable es que los dos terminen en una prisión española).

Loli se quedó de piedra, inmóvil, como una estatua, con la boca abierta y sin saber qué decir. Le parecía haber visto aquella escena en alguna película de cine negro, en alguna historia de Agatha Christie, de Sherlock Holmes o quizás en alguna de esas series de crimen y misterio típicas de algún país nórdico que desde hacía algunos años estaban tan de moda. Tuvo la sensación de que todo aquello era algo irreal, falso, como una obra de teatro .

Pero aquella escena no era una ficción. Aquella escena era real. Lo que estaba viviendo no era una película, sino su propia vida. Los personajes no eran actores, sino sus propios padres, su propia familia. Y la protagonista era ella.

Vocabulario 42

Incomunicados: isolated
¿De qué se les acusaba?: what were they accused of?
timar a los turistas: cheat, trick, deceive
por el camino más largo: by the longest route
Ocultaron el cadaver: (They) hid the body
Fingieron: (They) pretended
la pension: The pension
aunque fueran inocentes: even if they were innocent
deportados: deported
Al fin y al cabo: in the end, after all

43. Llámame, porfa

Las siguientes semanas Loli las pasó sola en su piso, sin salir de casa, intentando **atar cabos**, intentando comprender.
No quería ver a nadie, no quería hablar con nadie. Ni siquiera con Carmen.
Se sentaba en el salón a oscuras, sola, con la televisión apagada, en silencio. Abría varios paquetes de patatas fritas, una botella de dos litros de Coca-Cola y se ponía a pensar. Pasaba horas así.
Tenía que pensar, tenía que comprender qué había pasado.
Poco a poco, mientras se llevaba puñados de patatas fritas a la boca, iba atando cabos.
Ahora entendía por qué su madre se había enfadado tanto cuando había encontrado la vieja fotografía de Penélope en el bolsillo de sus pantalones. Seguramente no quería que el viejo viera aquella fotografía y empezara a recobrar la memoria, que volviera a recordar quién era y de dónde venía. Para ellos, para sus padres, era mucho mejor si el abuelo perdía totalmente la memoria y no recordaba nada del pasado.
Ahora entendía por qué su madre había cerrado la habitación del abuelo con llave y por qué ella no escuchaba nada, ningún ruido, cada vez que se acercaba y pegaba el oído a la puerta.
Poco a poco Loli iba atando cabos.
¿Y las cartas? El abuelo había escrito 43 cartas a Penélope que nunca había mandado... ¿por qué? Eso era un misterio por resolver.

¿Y aquella noche, qué pasó realmente aquella noche, muchos años atrás, cuando ella era todavía una niña y se despertó por las voces y los gritos de sus padres? Todavía se acordaba de lo que decía su padre: "Old, mad, police" (viejo, loco, policía). ¿Qué había pasado aquella noche? Loli recuerda que cuando se levantó por la mañana su madre le dijo que el abuelito estaba enfermo, que estaba en el hospital, pero que volvería cuando estuviera bien de salud.

Loli recuerda que el pobre viejo volvió al piso a las pocas semanas, como le había asegurado su madre, pero **ya no era el mismo**, parecía otro. Estaba mucho más viejo y más triste. Loli recuerda que en cuanto oyó el ascensor corrió a saludarlo, a abrazarlo, pero él ni siquiera la miró, ni siquiera la saludó. Se metió en su cuarto sin decir nada y de allí no volvió a salir nunca más.

Se sentía culpable. No había hecho nada para ayudar a su abuelo. Si al menos hubiera aprendido español de niña, en la escuela… El pobre viejo nunca aprendió inglés y no tenía a nadie con quien hablar. Si al menos ella hubiera aprendido español de niña, si hubiera hablado con él, quizás, tal vez, quién sabe, quizás **el pobre viejo no se habría vuelto loco**.

Loli se torturaba pensando en todo lo que había pasado, en todos los errores que había cometido.

Ahora más que nunca estaba convencida de que tenía que ir a España, a Granada, a Dúrcal, y tratar de encontrar a Penélope, a Antonia, y explicarle, **contarle que su abuelo siempre la quiso**, que siempre estuvo enamorado de ella, que nunca la olvidó. Tenía que darle las cartas de amor que Torcuato le había escrito, las cartas que nunca le llegaron, las cartas que ella nunca leyó. ¡Tenía que decírselo todo! ¡Penélope tenía que saberlo todo!

Estaba en el salón de su piso, sola, a oscuras, dando vueltas en la cabeza a todas estas ideas, tratando de atar cabos, tratando de entender, cuando de repente escuchó el móvil que sonaba en su dormitorio. Alguien la estaba llamando. Echó a correr. Solo podía ser la policía o Carmen.

Cuando llegó vio que era Carmen quien llamaba. Esperó unos segundos con el móvil en la mano, **con la mirada fija en la pantalla**. No quería responder. No quería hablar con ella. No quería hablar con nadie. Quería estar sola.

El teléfono dejó de sonar y unos segundos después aparecieron dos palabras: New Message (Nuevo Mensaje).

Loli se acercó el móvil al oído y escuchó la voz de su amiga.

Hola, Loli, ¿qué tal? Llamaba solo para charlar un rato. Quería saber cómo estás. Hace algunos días que no nos vemos. Estoy un poco preocupada por ti. Ya no te pasas por la librería. ¿Por qué? Me gustaría verte. Espero que estés bien.

Tengo algo importante que decirte. Si tienes tiempo, llámame. Es importante. He conocido a alguien de Granada que vive aquí en Londres. Es un profesor de español. ¿Sabes qué me ha dicho? Me ha dicho que él, de niño, vivía muy cerca de Dúrcal y que conoce toda la historia de Penélope, que sabe quién es Penélope.

Me ha dicho que quede contigo. Quiere hablarte.

*Loli, estoy preocupada por ti. Llámame y quedamos, **porfa**. Somos amigas, ¿no? Venga, espero tu llamada.*

¿Alguien de Granada, en Londres? ¿Alguien que conocía a Penélope? ¿Alguien que conocía la historia de amor entre Antonia y su abuelo?

Loli ya no tenía más excusas. Tenía que llamar a Carmen y quedar con ella.

Vocabulario 43

atar cabos: to realize ("atar cabos" is a Spanish idiom similar to the English "put two and two together")

ya no era el mismo: (He) wasn't the same as before (he wasn't himself)

el pobre viejo no se habría vuelto loco: the poor old man wouldn't have gone mad

contarle que su abuelo siempre la quiso: to tell her that her granddad always loved her

mirada fija en la pantalla: staring at the screen

porfa: Please (short form of "por favor")

Ya No — no longer

44. Un profesor aburrido

Los tres habían quedado a las seis de la tarde en la cafetería de la librería donde las dos chicas se habían conocido, que estaba en la quinta planta del edificio, **en pleno centro de Londres**.

Carmen y Juan fueron los primeros en llegar. Se sentaron a esperar en una mesa tranquila, lejos del resto de la gente, delante de dos tazas de café.

A las seis y cuarto Loli todavía no había llegado. **Carmen tuvo miedo de que su amiga se hubiera arrepentido y no viniese a la cita.**

Cuando Loli por fin llegó, Carmen y Juan **llevaban un buen rato esperando**, casi media hora.

¡Menos mal, chica, creía que no venías! –le dijo Carmen, levantándose para **darle dos besos**.

Juan también se levantó de la mesa y fue a darle dos besos, al más puro estilo español, pero se detuvo al ver que Loli se ponía nerviosa y se echaba hacia atrás.

"**No estará acostumbrada** a que un desconocido le dé dos besos la primera vez que se ven", pensó Juan.

-Este es Juan. –le dijo Carmen, presentando a su amigo con una sonrisa.

Loli le tendió la mano y lo saludó con un tímido "¡Hola! Mucho gusto, ¿cómo está usted?". A Loli aquel tipo le parecía muy viejo, de la edad de su padre, quizás incluso más viejo.

"Tendrá unos cuarenta y cinco años. Quizás incluso más, quién sabe", pensó Loli.

-Háblame de tú, por favor, **tutéame**. No me hagas sentir aún más viejo de lo que soy. –le dijo Juan, una vez que los tres habían vuelto a sentarse.

Loli miró a Juan de reojo. No sabía por qué, pero aquel tipo no le gustaba. No le caía bien. Le recordaba a su padre.

"Juan es profesor de español", dijo Carmen, intentando **romper el hielo**. Ya conocía a Loli bastante bien y se había dado cuenta enseguida de que Juan no le caía bien. "Es de Granada, pero lleva más de veinte años en Londres. Da clases en la universidad".

Loli no dijo nada. Abrió su mochila, sacó una bolsa de patatas fritas con sabor a curry y se puso a comer en silencio, mirando con curiosidad hacia la gente que ocupaba las otras mesas de la cafetería. Había mucha gente, la mayoría jóvenes que tomaban ensaladas de aguacate, zumos de fruta, cereales, cappuccinos... muchos tenían delante un ordenador portátil.

"Serán estudiantes de la universidad y vendrán aquí a estudiar", se dijo Loli, observándolos.

Había pasado muchas horas en aquel edificio, pero siempre había ido a la planta cuarta, a la sección de idiomas, para leer Lecturas Graduadas en español. **Nunca se le había ocurrido** pasarse por otras secciones de la librería, dar un vistazo a otro tipo de libros, ni pasarse por la cafetería.

Aquellos jóvenes **le daban mucha envidia a Loli**. Parecían muy *cool*. Por la forma de vestir, por la forma de hablar, por los gestos que hacían con las manos, por la forma en que estaban sentados, por la forma en que sonreían, por la forma en que comían, por la forma en que cogían las taza de café o los vasos de zumo, por la forma en que **tecleaban** en sus portátiles. Parecían felices, alegres, **despreocupados**, seguros de sí mismos, confiados, inteligentes.

A Loli le hubiera gustado ser como ellos: comer ensaladas de aguacate en lugar de patatas fritas, ir a la universidad, tener un trabajo *cool*, saber decir cosas inteligentes, leer libros, hablar de arte, de literatura, de viajes... A ella también le habría gustado tener amigos *cool*, llevar ropa *cool*, ser *cool*... Sí, aquella gente de la cafetería era *cool*.

-¿Cógngn sssgndicegngng "cool" gnggnñol? -preguntó Loli de repente, **con la boca llena de patatas fritas**.

-¿Qué? -contestó Carmen, que no había entendido nada.

-¿Cómo se dice "cool" en español? -volvió a repetir Loli.

-Depende. Depende del contexto. -dijo el profesor. En España puedes decir "chulo" o "guay", pero en algunos países de Latinoamérica puedes decir "chévere" o "padre", además...

-¡Ah, sí, es verdad, ya lo sabia! -dijo Loli interrumpiendo al profesor. Carmen me había enseñado a decir "¡qué chulo!" y "¡qué guay!", ahora lo recuerdo.

-Normalmente decimos "¡qué chulo!" o "¡qué guay!" cuando algo nos gusta, pero es difícil encontrar una traducción precisa para el término "cool" en inglés. Yo creo que...

Juan continuó hablando, pero Loli ya no lo escuchaba.

"¡Qué rollo!", pensó Loli.

Se notaba que el tipo era profesor. Era muy pesado. Hablaba mucho, demasiado. **Se enrollaba**. Ella solo le había hecho una simple pregunta, cómo se decía "cool" en español, y él se había puesto a darle una lección de lingüística. Un rollo.

"Sus estudiantes se aburrirán mucho en clase con él", pensó Loli.

-En realidad Juan y tú ya os conocéis. Sí, de alguna manera ya os conocéis. -volvió a decir Carmen, que se estaba poniendo un poco nerviosa al ver que **sus dos amigos no se llevaban bien**.

Juan y Loli se miraron sin comprender.

Vocabulario 44

en pleno centro de Londres: right in the centre of London
Carmen tuvo miedo de que su amiga se hubiera arrepentido y no viniese a la cita: Carmen was scared her friend had changed her mind and wouldn't come to the appointment
llevaban un buen rato esperando: they had been waiting for a long while
darle dos besos: to kiss her twice
No estará acostumbrada: (She) might not be accustomed (using the future to make a prediction)
Loli le tendió la mano: She offered him her hand
Tutéame: Talk to me using the informal "tú"
romper el hielo: to break the ice
Nunca se le había ocurrido: it had never occurred to her
le daban mucha envidia a Loli: (She) envied them
tecleaban: (they) were typing
despreocupados: carefree
con la boca llena de patatas fritas: with her mouth full of chips
Se enrollaba: (He) was going on and on (He talked a lot, too much)
sus dos amigos no se llevaban bien: her two friends didn't get along well

45. ¡Mentirosa!

-¿El nombre Juan Fernández **no te dice nada**?

La verdad es que a Loli **le sonaba aquel nombre**, Juan Fernández, pero no sabía de qué. Al fin y al cabo era un nombre muy común. Podía ser cualquiera. Si aquel tipo fuera inglés se llamaría John Smith.

-Pues la verdad es que **ahora no caigo**. –contestó Loli.

-Juan escribe Lecturas Graduadas en español. ¿Recuerdas Año Nuevo, Vida Nueva, la historia de Brian y sus amigas Carmen y Marcela? Fue la primera historia que te aconsejé leer. ¿La recuerdas?

-Sí, creo que sí, aunque no muy bien. La leí hace mucho tiempo.

-¡Juan Fernández es el autor del libro! –dijo Carmen, fingiendo un entusiasmo que en realidad no sentía.

-¡Ah, qué bien, qué interesante!

-¡Es Juan Fernández!

- Sí, ahora caigo! –dijo Loli, intentando ser educada, aunque en realidad no recordaba nada. ¿Escribió usted esa historia?

-**Sí, me temo que sí**. Fui yo.

-Juan escribe Lecturas Graduadas para estudiantes de español. –confirmó Carmen con una gran sonrisa falsa. ¿No es interesante?

-Sí, sí. Muy interesante, muy interesante. Fascinante. –volvió a decir Loli, nerviosamente.

-Espero que Año Nuevo, Vida Nueva te gustase. –dijo Juan, que también se estaba poniendo nervioso.

-Sí, sí, muy interesante, muy interesante –dijo Loli, que se había puesto roja como un tomate. La verdad es que hacía mucho tiempo que había leído aquel libro y no recordaba casi nada de aquella historia.

-Como ya te conté, Juan, ¡Loli se ha leído casi todas las Lecturas Graduadas que tenemos aquí en la sección de idiomas! Es verdad, ¿no, Loli? ¿Cuántas historias te has leído? ¿Recuerdas? ¡Díselo a Juan, díselo, dile cuántas historias has leído, venga, díselo!

Carmen se había puesto muy nerviosa y Loli y Juan también se estaban poniendo cada vez más nerviosos.

-No sé, no recuerdo, muchas. –dijo Loli, poniéndose aún más roja. No le gustaba ser el centro de atención, que hablasen de ella.

-Sí, me imagino que debe de ser difícil **llevar la cuenta** de tantos libros, ¿verdad? ¡jajaja! Bueno, qué me vas a contar a mí que trabajo en un librería ¡jajaja!–dijo Carmen, echándose a reír y fingiendo una alegría que en realidad no sentía.

-¿Es usted de Dúrcal? –dijo Loli de repente, dirigiéndose al profesor de español.

-Soy de Granada, pero de niño vivía en un pueblo pequeño muy cerca de Dúrcal. He ido allí muchas veces.

-¿Conoce usted a Penélope?

-Sí, un poco, bueno, no, la verdad es que no. –contestó Juan, que no se esperaba la pregunta.

Loli estaba confundida.

-¿Sí o no? ¿Conoce a Penélope, sí o no?

-Sí, todo el mundo sabe quién es Penélope. –dijo Juan. Bueno, no, en realidad no, nadie la conoce.

¿Aquel tipo daba clase de español? **Loli miró a su amiga con angustia**.

-¡Tú me dijiste que…!

Carmen dejó de sonreír. Ya no podía seguir fingiendo que todo estaba bien. El momento que tanto temía había llegado. Loli quería saber todo sobre Penélope.

-Lo que Juan quiere decir es que Penélope, Antonia, la exnovia de tu abuelo, el amor de su vida, no existe. Nunca existió.

-¡Qué! ¡Eso no es posible, eso no es verdad! –gritó Loli, que se había puesto muy furiosa al escuchar las palabras de su amiga.

- Nunca existió, cariño. Solamente existió en la mente de tu abuelo.

-¡Eso es mentira! ¿Por qué mientes? ¡Estás mintiendo, Carmen!

-No te miento, Loli. Te estoy diciendo la verdad. Todo se lo había inventado él, tu abuelo.

-¡**Mentirosa**, eres una mentirosa!

-Loli, escucha, Penélope era un personaje imaginario que tu abuelo se había inventado para escapar de su vida rutinaria, de su vida aburrida, gris, monótona, sin emociones; para olvidarse de su matrimonio, de su mujer. Una mujer con la que se había casado muy joven por hacer caso a su madre, pero de la que nunca estuvo realmente enamorado.

Tal vez, al final de sus días, en sus delirios de enfermo, ya muy viejo, él mismo llegó a creerse que Penélope existía de verdad, pero era solo un sueño. Penélope existía solo en su imaginación. Nunca existió realmente.

-¡Pero yo he visto las fotos! ¡He visto la foto de Penélope en la estación el día que fue a despedirse de él. Llevaba un vestido muy bonito, un vestido de día de fiesta, un vestido de domingo. Tal vez era su mejor vestido. También llevaba un bolso marrón, quizás de piel, un abanico y zapatos de tacón…

-La foto que tú viste era una foto de la estación de Dúrcal, en Granada, sí, pero aquella chica de la foto no conocía a Torcuato. Era una chica del pueblo, una chica cualquiera de Dúrcal que aquel día, por casualidad, estaba allí en el andén de la estación. Sí, estaba en la estación, pero no conocía de nada a aquel soldado catalán que estaba tomando el tren. Habría ido allí para despedirse de alguien que partía o quizás para esperar a alguien que llegaba, no lo sé, pero a tu abuelo no lo conocía, no sabía quién era. Si lo conocía, era solo **de vista**, nada más. Quizás lo había visto paseando por el pueblo, pero nunca salieron juntos, jamás se dijeron nada. Jamás fueron novios.

-¡Pero las cartas! ¿y las cartas? ¡Mi abuelo le escribió más de cuarenta cartas de amor a aquella mujer!

-Cartas que nunca le envío. –dijo Juan.

-¿Pero por qué las escribió? ¿Por qué le escribía cartas de amor a una chica que nunca había conocido, a una chica con la que nunca había hablado?

-Querría escribir una novela. Quizás le gustaba escribir, no lo sé –dijo Carmen, pensando en voz alta.

-Escribiría como terapia. –dijo Juan. Hay gente que lee o que escribe como terapia, para olvidarse de una realidad que no le gusta. Como dice Carmen, quizás no estaba contento con su matrimonio, quizás se arrepentía de haberse casado. Escribir esas cartas sería para él una forma de terapia. No lo sé, estoy buscando una explicación, pero en realidad no lo sé.

Loli se quedó callada, mirando las dos tazas de café vacías que había sobre la mesa. No sabía qué decir. Le resultaba difícil comprender por qué alguien escribiría cartas de amor a un personaje imaginario, a alguien que quizás solo había visto un día, velozmente, muchos años atrás, en una estación de trenes perdida, en un pueblo perdido.

-¿Y aquella noche? ¿Qué pasó aquella noche cuando yo era niña y me desperté con los gritos de mi padre que llamaba viejo loco a mi abuelo y decía algo sobre la policía? ¿Qué pasó aquella noche?

Carmen miró a su amiga pensativamente.

-No lo sé. Eso tendrás que hablarlo con tus padres algún día, cuando los dos salgan de prisión, pero…

-¿Pero?

-Me imagino que tu abuelo aquella noche se volvería loco, haría algo extraño, alguna locura. Tus padres se asustarían y llamarían a la policía. Por eso estuvo internado en un hospital. **Cualquiera habría perdido la razón por estar tan solo.**

Poco a poco Loli se fue resignando. Quizás Carmen y Juan tenían razón. Quizás Penélope no había existido **después de todo**. Quizás su abuelo era simplemente un loco, un demente que lo había imaginado todo.

Vocabulario 45

¿...no te dice nada?: doesn´t it ring a bell?
le sonaba aquel nombre: that name sounded familiar to her
ahora no caigo: I cannot remember now (The spanish idiom "caer en la cuenta" = to realize)
Sí, me temo que sí: yes, I'm afraid so
llevar la cuenta: to keep track of something (e.g. keep track of how many books you have read)
Loli miró a su amiga con angustia: Loli looked at her friend anxiously, in dismay
Mentirosa: liar
de vista: by sight
Cualquiera habría perdido la razón por estar tan solo: Anybody would have gone mad for being so lonely
Poco a poco Loli se fue resignando: Little by little Loli became more and more resigned
después de todo: after all

46. Patatas fritas de bolsa

Aquella noche Loli estaba muy triste y Carmen no quería dejarla sola.

-Hoy había quedado para salir con una amiga argentina, pero, ¿sabes qué voy a hacer? La voy a llamar y le voy a decir que no puedo salir con ella.

-No, no te preocupes, yo estoy bien. –dijo Loli, con una voz muy triste.

-¡Ni hablar! Esta noche tú y yo **nos vamos a emborrachar**. En mi casa tengo dos botellas de vino tinto y nos las vamos a beber tú y yo. ¿Qué te parece?

-Yo solo bebo Coca-Cola.

-¡Bueno, vale, entonces nos emborracharemos con Coca-Cola! ¡jajajaj! –dijo Carmen, echándose a reír.

-¡Pero tenemos que comprar patatas fritas! ¡Ya no me quedan más!

-¿Patatas fritas con Coca-Cola? ¡Qué interesante! No solo interesante, yo diría que es, incluso, fascinante... ¡No se me ocurre una mejor manera de pasar un sábado por la noche!

-¡Me estás tomando el pelo! ¡**Te estás riendo de mí**!

-¡No me estoy riendo DE TI, me estoy riendo CONTIGO! –dijo Carmen, **guiñando un ojo**. ¡Anda, vamos! Ahí hay un supermercado. Por cierto, es el supermercado donde trabaja mi amiga argentina. Se llama Marcela. Ahora te la presento. Está un poco loca y odia a todo el mundo, pero **es buena gente**. No te preocupes. **Tú, seguro que sí le caes bien**.

Un rato más tarde, ya dentro del supermercado, mientras Loli estaba ocupada eligiendo los sabores de patatas fritas que quería comprar, Carmen mandó un mensaje de texto a Juan, el profesor de español.

¡Gracias! Sé que no ha sido fácil para ti

Unos segundos después le llegó la respuesta:

No sé si hemos hecho bien. No creo que mentir sea una buena idea.

La voz de Loli a sus espaldas le hizo apagar el móvil rápidamente y girarse hacia su amiga, que la miraba feliz, con una sonrisa de oreja a oreja y con tres enormes paquetes de patatas fritas en las manos.
-¿Cuáles prefieres? ¿Con sabor a cebolla, a vinagre o a queso?
-¡Todas! ¡Las quiero todas!

Vocabulario 46

nos vamos a emborrachar: we are going to get drunk
Te estás riendo de mí: you are laughing at me
guiñando un ojo: winking
es buena gente: (She) is a good person (literally: she is good people)
Tú, seguro que sí le caes bien: I am sure she likes you

Epílogo: algunos años más tarde

"Si la Señorita Martina me viera ahora, hablando español con acento andaluz, se quedaría de piedra", pensaba Loli, sonriendo.

-¿De qué te ríes? –le preguntó Cecilio, que acababa de terminar de ducharse y entrababa en el salón secándose el pelo con una toalla blanca.

-No, nada, no importa, cosas mías. Date prisa que vamos a llegar tarde.

Cecilio se quedó mirándola. Aquella inglesita, que hacía tan solo unos meses había llegado de Erasmus a la universidad tan blanca y tan pálida, se estaba poniendo cada vez más guapa. El sol y la vida de España le estaban sentando de maravilla.

-Oye, Loli, y si nos quedamos en casa tú y yo y... sugirió Cecilio, guiñando un ojo.

-¿Pero qué dices? ¿Estás loco? ¿Y perdernos el concierto de Serrat? ¡Ni hablar!

-¡Vale, vale, no he dicho nada!

El concierto de Serrat era a las ocho, en el Teatro Isabel La Católica, en el centro de Granada, pero había que ir un poco antes, a las siete y media, para comprar las entradas. Seguramente habría mucha gente haciendo cola.

Luego habían quedado a la salida del concierto para ir de cañas con unos amigos de la universidad. Lo típico. Un cañita, un vinito, una tapita... A los españoles les encantaba salir de marcha con cualquier excusa. La excusa de esa noche era que al día siguiente era sábado y no había que ir a clase en la universidad.

En realidad era Cecilio el que había insistido en ir a ver a Serrat. Ella ni siquiera lo conocía.

-¿No sabes quién es Joan Manuel Serrat?

-Ni idea. Nunca he oído hablar de él. –dijo Loli.

-¡Pues sí que es raro!

-¿Raro? ¿Por qué?

-Me parece raro que siendo tus padres de Barcelona nunca te hayan hablado de Serrat, uno de los mejores cantautores de Cataluña.

Loli no tenía ganas de hablar de sus padres. No quería que Cecilio supiera que sus padres llevaban varios años en la cárcel y que hacía casi tres años que no hablaba con ellos. No tenía ganas de dar explicaciones. No tenía ganas de hablar del pasado. El pasado le ponía triste. Ahora estaba en España y quería pasárselo bien.

-A mis padres no les gusta la música. –dijo, poniéndose un poco seria. ¡Venga, vamos, date prisa que llegamos tarde!

Cuando llegaron al teatro había una fila larguísima para comprar las entradas. Loli se dio cuenta de que Cecilio tenía razón. Aquel cantante, Joan Manuel Serrat, era superpopular en España. Todo el mundo en Granada parecía conocerlo.

-¡Qué pena! Estamos superlejos del escenario. –dijo Loli cuando se sentaron en sus asientos.

-Ya, tía, pero es que estos son los más baratos. Los asientos cerca del escenario costaban un ojo de la cara.

-¡Lo sé, lo sé! No me quejo. En realidad estoy supercontenta de haber venido. Solo espero que se escuchen bien las canciones desde aquí. –dijo Loli, sonriendo y dándole un beso a su chico.

-Sí, ya verás, se escuchará muy bien.

-¿Tú crees que entenderé?

-¡Pero, tía, si hablas español de puta madre! ¿Cómo no vas a entender? Además, si hay algo que no entiendes, yo te lo explico, ¿no? ¿Para qué están los amigos? –le contestó Cecilio, acercándose a ella cariñosamente y cerrándole la boca con un beso en los labios.

Unos minutos después la luz se apagó, la gente de la sala se fue callando y los músicos hicieron su entrada en el escenario. Por último entró Joan Manuel Serrat, que antes de ponerse a cantar dio las gracias al público de Granada por asistir a su concierto.

Al escuchar hablar a Serrat por primera vez, Loli sintió un escalofrío. Le parecía estar escuchando a su abuelo. Seguramente era por el acento catalán. Serrat y su abuelo eran de Barcelona. Loli se agarró al brazo de Cecilio y se acercó a él buscando el calor de su cuerpo.

Serrat empezó a cantar algunas de sus canciones más famosas: Mediterráneo, Cantares, Tu nombre me sabe a yerba, La mujer que yo quiero, Balada de otoño, Romance de Curro "El Palmo"… Algunas eran en castellano, otras en catalán.

El público parecía adorar a Serrat y la mayoría conocía de memoria la letra de casi todas las canciones. Muchos daban palmas y a menudo cantaban a coro con él. Era muy emocionante.

-¡Creo que soy la única aquí que no conoce las letras de sus canciones! –le dijo Loli a su chico, hablando en voz baja.

-¡Sí, tía, eres una guiri total! ¡Hablas español como uno de nosotros, pero en el fondo eres una guiri! –le contestó él, bromeando.

A Loli no le gustaba que Cecilio la llamara "guiri". Ella ya no se sentía extranjera en España. Se sentía muy inglesa, pero al mismo tiempo también un poco española. Al fin y al cabo su familia era de Barcelona.

-¡Yo ya no soy una guiri! ¡Si yo fuera una guiri no habría venido aquí contigo, a un concierto de Serrat! Si yo fuese una guiri normal, en lugar de estar aquí estaría borracha en un bar, comiendo paella, bailando flamenco y gritando ¡ole, ole, ole!

Cecilio se echó a reír. Siempre había pensado que los ingleses no tenían sentido del humor, pero aquella chica le hacía reír a menudo.

-¡Tienes razón! ¿Te mola el concierto?

-¡Mogollón! ¡Serrat mola, tío! ¡Es guay!

Era verdad. A Loli las canciones de Serrat le estaban poniendo la carne de gallina. Algunas eran amargas, melancólicas, nostálgicas, desesperanzadas y tristes; otras eran alegres, inocentes, frescas, optimistas y llenas de vida.

Fue hacia la mitad del concierto cuando Cecilio le dio un golpe con el codo para llamar su atención.

-¡Esta canción que viene ahora es una de mis favoritas! Escúchala bien. Es una historia tan triste que yo siempre que la oigo termino llorando.

-¿Cómo se llama?

-Penélope. –dijo Cecilio

A Loli le dio un vuelco el corazón.

Llevaba varios años sin escuchar ese nombre.

¿Joan Manuel Serrat tenía una canción que se llamaba "Penélope"?

Mientras escuchaba a Serrat cantando Penélope, Loli volvió a ver aquella vieja fotografía en blanco y negro del álbum de su abuelo en la que se veía la estación de trenes de Dúrcal.

Mientras escuchaba a Serrat cantando Penélope, Loli volvió a ver a Antonia esperando sentada en un banco en el andén de la estación, con sus zapatos de tacón, su bolso de piel marrón, su abanico y su vestido de domingo.

Mientras escuchaba a Serrat cantando Penélope, vio a su abuelo, ya viejo, bajando del tren.

Penélope, Antonia, se había hecho vieja esperando. Cada día, desde que su amante se fue, ella había ido a la estación a esperarlo sentada en un banco del andén, con sus zapatos de tacón, su bolso de piel marrón, su abanico y su vestido de domingo.

Habían pasado muchos años y Antonia era ya muy vieja, pero su abuelo la reconoció en cuanto descendió del tren y la vio allí esperando, sentada en un banco del andén. En cuanto la vio, supo que era ella.

Loli vio a su abuelo acercarse hacia Antonia con los ojos llenos de amor, muy enamorado. Lo vio hablarle y decirle "¡soy yo, soy tu amor, mírame, regresé!"

Mientras escuchaba a Serrat cantando Penélope, Loli vio a Antonia, ya vieja, que miraba a su abuelo y le respondía:

"no, tú no eres quién yo espero."

Antonia, Penélope, no lo había reconocido. Aquel viejo no podía ser su amor. Aquel viejo no podía ser su amante. Ella estaba enamorada de un hombre joven, alto y guapo, no de un viejo.

Mientras escuchaba a Serrat cantando Penélope, Loli vio a su abuelo volver a subir al tren desesperado, gritando, llorando a lágrima viva, llorando de rabia y de dolor. Dolor por no haber regresado antes, dolor por haber vuelto demasiado tarde, dolor por el tiempo perdido. Dolor por lo que pudo haber sido y no fue.

Mientras escuchaba a Serrat cantando Penélope, Loli vio a Antonia quedarse sola en la estación otra vez, a seguir esperando el próximo tren, a continuar esperando a aquel viajero, a aquel amante joven y guapo que un día partió y que le había pedido que no lo olvidara jamás porque algún día volvería.

Mientras escuchaba a Serrat cantando Penélope, Loli vio a su abuelo volverse loco y perder la razón. También vio a su padre gritando en medio de la noche: "¡viejo, loco, policía!"

Cuando Serrat terminó de cantar Penélope, Loli sintió las lágrimas que le caían por la cara.

Al verla llorar, Cecilio se acercó a ella y le pasó un brazo alrededor de los hombros para consolarla.

-Te lo dije. Es una de sus mejores canciones, pero es una historia muy triste. Yo también me pongo a llorar cada vez que la oigo.

Loli no dijo nada. En aquellos momentos no podía decir nada. En aquellos momentos solo podía odiar. Odiaba con todas sus fuerzas a Carmen y a aquel profesor de español imbécil que la había engañado y le había hecho creer que Penélope no había existido nunca.

Fin de
UNA CHICA TRISTE

Aquí puedes escuchar *Penélope*, la canción de Joan Manuel
Serrat y hacer actividades extra:
https://wp.me/P3WUcj-4oy

More Stories To Learn Spanish

I hope you enjoyed reading UNA CHICA TRISTE and find it useful for your Spanish.

Reading these kind of short stories (they are called *Easy Readers* or, in Spanish, "Lecturas Graduadas") is one the most efficient and enjoyable ways I know to learn and improve your Spanish.

The language used in these short stories has been adapted according to different levels of difficulty, and will help you revise and consolidate your grammar and vocabulary.
If you would like to read some more stories in Spanish, check our website. We have a few more Spanish Easy Readers that may interest you:

https://www.1001reasonstolearnspanish.com/historias-para-aprender-espanol/

Before you go

Before you go, I would like to ask you a favour:
Feedback from my readers is imperative for me, so I can improve and get better at writing stories and creating learning materials for Spanish students.

For that reason, **I would like to ask you to write an honest review for this book on Amazon**. I will read it with most interest and, of course, your opinion will be very useful to help other Spanish learners decide whether this book is right for them or not.

Thank you!

Juan Fernández

www.1001reasonstolearnspanish.com

Made in the USA
Las Vegas, NV
04 December 2020

12018272R00125